100154

1.ª edición: octubre 1997
2.ª edición: septiembre 1999

Cubierta de Manuel Estrada
sobre un dibujo de Pedro Casariego Córdoba.

ISBN: 84-207-8276-9
Depósito legal: M. 31.221/1999
Impreso en Artes Gráficas Palermo, S. L.
Camino de Hormigueras, 175. 28031 Madrid
Impreso en España - Printed in Spain

E S P A C I O

Colección dirigida por
Norma Sturniolo

A B I E R T O

ESPACIO
ABIERTO

Diseño y cubierta de
Manuel Estrada

ESPACIO ABIERTO

Martín Casariego Córdoba

Qué poca prisa se da el amor

ANAYA

Amar consiste en creer haber encontrado una tortuga veloz.

Pe Cas Cor

1

Una mosca se posa en su antebrazo izquierdo. Sin apartar los ojos del libro, de un rápido manotazo, Alejandro la envía a un mundo mejor, en el que, entre otras cosas, es posible que no existan Alejandros matamoscas, y, distraídamente, sin interrumpir la lectura, la arroja al cenicero, donde se une al cadáver de otro molesto díptero. Es cuestión de práctica.

Alejandro está hasta las narices: todo el año estudiando como un cerdo, y le cargan la selectividad. A él, que sacó las mejores notas de la clase. ¿Y a quién han aprobado? Pues a todos, incluido al gamberro de Eugenio, más tonto y no nace, o a lo mejor sí nace, pero entonces sería la oveja clónica ésa, Dolly. Para Alejandro, los exámenes ni se los han mirado, han puesto las notas a boleo. Si no, ¿cómo es posible que él salga contento y saque un 2,4, y el memo de Eugenio le mire con cara de cordero degollado y saque un 7,4, la nota más alta de la clase?

En fin. Enfadarse no vale de nada, está demostrado. Menudo mes de agosto le espera: en Madrid, sudando la gota gorda, mientras sus padres se pegan la gran vida en la playa, con su hermano, el pesado de

Alfredo. Sus padres le han dejado para que estudie. Claro, qué listos: si fuera un pinta, como Eugenio, o como Jaime Palancar, doctor en billares, entonces, ni en sueños le iban a dejar la casa para él. Pero Alejandro, que es una especie de sabio siempre-en-Babia, que viaja constantemente, aunque sólo con sus libros abiertos, como si fueran alfombras mágicas, ¿qué peligro tiene? ¿Qué orgía va a montar, si lo que le gusta es leer? Se podría haber ido a la playa, sí, pero su madre es un poco histérica, y su padre lo mismo de lo mismo, y como han leído un artículo sobre la proliferación de robos de pisos en verano, no les ha parecido del todo mal que el chico se quede estudiando. El chico, Alejandro, es lo que en el fondo y en la superficie quería, porque el sol, la arena, los señores enseñando sus impúdicas panzas y las señoras mostrando sus rollos de grasa sobrante, y lo de arriba, que algunas no se cortan, los niños tirando la arena encima de las toallas y de los bañistas, los musculitos horteras luciendo sus cachas aceitadas, las niñas pijas en biquini-quiero-y-no-quiero diciendo no sé, a mí, es que no lo veo, o sea, no sé cómo decirte, y los turistas, hay que verlos, en fin, el verano, no es que le emocione. Sus viejos dicen que Alejandro es demasiado negativo, pero claro, eso es muy relativo. A lo mejor consideran positivo a su hermano, que la verdad, hay que reconocerlo, siempre está de buen humor, ¿cómo no va a estarlo, si todo le va bien, si no pega ni golpe y aprueba, tiene dos novias, menudo cínico, y no le pillan? Y no es que su hermano le caiga mal, en realidad le cae bien, pero bueno, un mes separado de su familia será altamente beneficioso a escala personal, después de diecisiete años de convivencia ininterrumpida, si no contamos esas cuatro semanas dedicadas a aprender inglés.

Alejandro empieza a leer un pasaje sobre Bruce, un explorador británico que recorrió parte del Nilo Azul un siglo y medio después que el portugués Paez, y al que no creyeron a la vuelta, de igual manera que él había tildado al luso de embustero. Alejandro ya está viajando, a otros continentes, a otros tiempos... La primera vez que, en Gondar, Bruce vio al visir Ras Michael, estaba arrancando los ojos a unos cautivos... Alejandro cierra los suyos. En ese instante, suena el timbre, y Alejandro se acuerda de que es el primer día en que va a venir una señora de la limpieza. Viene recomendada a través de otra asistenta, la de la tía Irene. Seguro que es de cuarenta y muchos, gorda, con cara de gallina clueca y voz chillona y avinagrada. Bueno, no seamos tan hipernegativos, a ver si al menos tiene mejor humor que la de la tía Irene.

Cuando Alejandro abre la puerta, en un primer momento cree que la chica se ha equivocado; tiene su edad, más o menos, va vestida de calle —bueno, tampoco iba a ir uniformada, qué se había pensado—, y lo cierto es que su aspecto es estupendo. Alejandro, no sabe por qué, baja un segundo la vista, azorado.

—Hola. Soy Maite. Tú debes de ser el señorito Alejandro.

Él no deja de advertir un cierto retintín en lo de *señorito*.

—De señorito nada —responde Alejandro, quizá demasiado bruscamente.

—Se nota —dice Maite, que es bastante susceptible, y decide pasar al usted—. ¿Va a dejarme pasar, o quiere que limpie por telequinesis, utilizando mi fuerza mental?

¡Empezamos bien! Ambos se miran fieramente. ¡Las espadas en alto, saltan chispas! ¿Será así como se inician las tormentas veraniegas?

—Pasa —dice Alejandro, que también se está enfadando. Odia las interrupciones. Al fin y al cabo, ¿quién se empeñó en tener servicio? ¡Su madre! Él insistió en su capacidad de supervivencia, en que se las arreglaría muy bien solo, pero nada, las madres son siempre madres y mandan más que Napoleón—. Pensé que cabías por ese hueco.

Vaya, vamos a empezar a conocerle... También él es la mar de picajoso...

Maite entra en la casa y echa un vistazo general. Impera un orden bastante aceptable, la verdad, y una limpieza notable. Mucho mejor así: si llega a ser una casa de guarros, y más después de este recibimiento, *pensé que cabías por ese hueco*, ¿la ha llamado gorda?, iba a durar allí un minuto.

—Su madre me ha dicho que limpie y también que cocine algo... Por lo visto, el señorito no es lo que se dice un hacha en cuestiones domésticas. —¿Pero qué te pasa, Maite?, se dice. ¿A qué viene ser tan hiriente? Y sin embargo, añade con indisimulado sarcasmo—: Su madre ha hecho especial hincapié en la cocina.

Es como si la poseyera un demonio criticón y burlón...

—Sé llamar por teléfono, y me gustan las telepizzas, las telebaguettes, las telepaellas y cualquier comida que tenga un tele delante —realmente, Alejandro no sabe por qué está tan borde—. Y si no te importa, tengo mucho que estudiar, así que tú a lo tuyo.

Los dos se miran un instante. Maite hace esfuerzos para contenerse. ¡Pero qué tío más asqueroso! ¿Así que yo a lo mío? Igual se figura que es mejor que yo, o que hago esto por gusto. Pues nones: ella trabaja este verano para pagarse el primer curso de

Derecho, porque, dicho sea de paso, no es una pija, como él, con su polo Hugo Boss y sus pantaloncitos Levis, y por desgracia no ha encontrado otra cosa.

Alejandro ignora qué le sucede. ¿Por qué está más agresivo que un escorpión? ¿Será porque se siente inseguro, será el ataque un irracional mecanismo de defensa? ¿Será que no puede sustraerse al encanto de esa mirada que le fulmina?

Por un momento, Maite sopesa la posibilidad de salir por la puerta y no volver, pero se controla. ¿Será que hay algo en la personalidad de él, o en sus ojos marrones y decididamente soñadores, que la ata, la clava al suelo de madera, le impide darse media vuelta y decir hasta nunca, imbécil?

—Ah —dice Maite—. Y creo que tampoco tiene ni idea de planchar, así que a lo mejor le plancho algo... Es una pena llevar polos de marca con el cuello arrugado...

Continúan mirándose un segundo. Ya verás, piensa Maite, la de planchas que te doy como sigas así de simpático. Alejandro piensa que, definitivamente, esa chica es una impertinente, y se siente tentado de decirle que se vaya por donde ha venido, aunque más rápido, pero ya hemos visto que hay algo que le hace callar: no es, desde luego, la más que previsible reprimenda materna vía telefónica, hijo, qué genio tienes, estás tonto, pareces tu abuela (paterna, claro), ¿cómo te vas a arreglar ahora?, ni tampoco por comodidad, porque no hay que limpiar tanto como su madre se cree, hay que ver qué manía, ni por la comida, porque con el dinero que se ahorraría en la chica, tendría toda la telecomida y los congelados que le diera la gana, ni porque le planchen, ¿qué le importa ir con el cuello del polo arrugado? No hay, pues, ningún motivo de peso: Alejandro dispone de la disculpa justa para despedir a la chica antes de que empiece su trabajo, y así estar más tranquilo, leyendo sus cosas sin que nadie le moleste. Pero hay algo superior a él, una voluntad nueva y extraña, que dicta sus palabras:

—Bueno, yo voy a seguir estudiando.

—Sabe las condiciones, ¿no? Vendré lunes, miércoles y viernes, de diez a dos, y me pagará los viernes, quince mil la semana... Está claro, ¿no?

—Como el agua —dice Alejandro, a quien incomoda que Maite no le tutee, le resulta antinatural, son de la misma edad, pero allá ella si es tonta, no va a rebajarse a pedírselo.

Él se sienta a su mesa y pronto se olvida de Maite, a la que, si no estuviera concentrado en su lectura, oiría y vería con la aspiradora, con el plumero, con la lejía y con el detergente, vaya actividad, y Alejandro ya se está imaginando al aventurero escocés caminando por el desierto, con los pies llenos de ampollas, supurando, después de haber contraído la dracontiasis, una enfermedad nilótica, un parásito que ulcera la carne... ¡Qué valor, los exploradores, arriesgar su vida, enfrentarse sin apenas medios ni armas a lo peligroso y a lo desconocido! La verdad es que a Alejandro la mañana se le pasa volando, cuando Maite limpia su mesa, levantando los libros para pasar el trapo, apenas la mira, no vaya a pensar que le gusta. Ella tampoco le hace ni el menor caso... Pasa el trapo como un robot, como una completa profesional, sin la más mínima coquetería, sin ningún tipo de concesión para la galería, con el ceño fruncido y la expresión seria, como si él no se hallara allí, o peor aún, como si lo que estuviera allí fuera algo molesto o levemente peligroso, un gato, un cactus o algo similar. A las dos en punto, ni un minuto antes ni un minuto después, con puntualidad prusiana, la muchacha se despide.

—Hasta el miércoles, Alejandro —menos mal que no le ha llamado *señorito*, piensa él, que al fin se ha dignado levantar la vista del libro—. Le he dejado una tortilla de patata en la nevera y medio pollo asado.

—Gracias, Maite —dice él, que si en esta ocasión ha apartado rápidamente la vista ha sido exclusivamente por timidez. Y como ella está más amable—: Puedes tutearme, lo prefiero.

—Como quieras, a mí me da igual.

¡Podría presentarse al Campeonato Mundial de Bordes, la tía!

—Tampoco es que yo me vaya a morir de ilusión...

—Pues eso. Hasta el miércoles.

Maite sale. Alejandro, desconcertado, se da cuenta de que, de pronto, se siente solo y abandonado. ¡Pero qué absurdo, si es casi lo mismo, si con ella apenas ha intercambiado dos palabras en toda la mañana, las imprescindibles!

Por la noche, Alejandro, que no ha salido en todo el día y que tiene la cabeza como un bombo, porque no ha estudiado nada, pero ha leído mucho, saca la tortilla de patata de la nevera, la calienta en el microondas y la come viendo la tele. Es el único momento en el que vuelve a pensar en Maite: la verdad es que no parece una gran cocinera. La tortilla está casi tan seca como el desierto por el que Bruce arrastraba sus pies cubiertos de ampollas, parece una piedra destinada a ser surcada por caracteres cuneiformes... Cuando acaba de cenar, apaga el televisor. No había nada interesante.

Al acostarse, Alejandro lee media hora, un libro sobre los indios de las praderas. Cuando lo cierra, piensa, un tanto desalentado, que nunca ha hecho nada digno de ser contado. ¡Tanto leer libros de viajes y de exploraciones, y lo más arriesgado que ha realizado en su vida es pasar cuatro semanas lejos de su familia, en Inglaterra! Menudo aventurero, menudo superhéroe está hecho... Justo antes de apagar la luz, ha leído una canción de amor sioux: «Puedes tomar el sendero de guerra / cuando oiga que tu nombre ha hecho algo valeroso / entonces me casaré contigo». La india sioux que inventó esa canción... ¿Cómo sería?, piensa, amodorrado...

2

Alejandro ha dormido como un lirón, menudo es. Se despierta a las diez, mira la hora, bosteza, se da media vuelta en la cama y a los dos minutos está sobado otra vez. Tiene un sueño muy tonto, está jugando al fútbol, va a meter gol, tira, y el balón se convierte en el aire en un melón. El portero lo atrapa, y en la siguiente escena, están sentados comiendo el melón, partido en rajas. Hay una chica que carece de cara y que le ofrece un trozo de melón. Él lo acepta. El melón está muy jugoso y rico, y la chica le sonríe mientras se lo come. Sí, ya sé: no tiene cara, pero le mira y sonríe, así que tiene ojos y boca. Bueno, así son los sueños, y Alejandro no tiene la culpa.

Se despierta sediento. Son las once y media. Desayuna una torta y un vaso de leche, y lee un libro sobre los aborígenes australianos. Cuando está leyendo un párrafo en el que se explica un método de pesca consistente en arrojar a las charcas plantas venenosas, suena el teléfono. ¿Y quién es? Pues la única tía que le ha llamado de seis meses para acá: su madre (si descontamos a Tina la Espantosina. Él, por su lado, lleva seis o siete meses sin llamar a ninguna pavita,

¿para qué? No conoce a ninguna que le interese más que un buen libro). Su madre le pregunta qué tal se las maneja, pero, mamer, si os fuisteis el sábado y hoy es martes, qué tal la chica, bien (eso es toda la información que suelta Álex el escueto, bien), pues por aquí fenomenal, buen tiempo y eso, y tu padre que ya sabes cómo le rejuvenece el mar, y tu hermano está siempre con una amiga...

Alejandro está a punto de decir que esa *amiga* es la novia estival, pero se corta, ¿para qué meter cizaña, con lo que a su madre le gusta la del resto del año, Blanca la pelota? Su madre le recomienda las tonterías de costumbre, que coma mucho y beba leche, y que salga por ahí, que nos tienes preocupados, siempre en casa (más preocupados les tendría si fuera como otros, piensa Alejandro, fumando canutos y metiéndose éxtasis, pero en fin), ¿seguro que no te quieres venir? No, mamer, tengo que estudiar para aprobar. Ay, cómo eres, trocito de mí. Menuda cursilada, piensa Alejandro, la pobre chochea. Se despiden cariñosamente.

Alejandro retoma el libro sobre los aborígenes, e inmediatamente suena el teléfono otra vez. Seguro que es su jefa, que se ha olvidado de preguntarle si riega las plantuchas del salón y de su cuarto, o de decirle que tome fruta. Se admiten apuestas. Descuelga, haciendo acopio de santa paciencia, y salta la sorpresa: resulta que es Javi, que se queda en agosto en Madrid, el muy pringado. También ha cateado selectividad, aunque él merecidamente. Y encima, no se queda a su bola, se queda con sus cajeros-automáticos. Se citan a las cuatro, Javi traerá la consola y un par de videojuegos.

Cuando Alejandro ataca el pollo asado piensa por segunda vez en todo el día —la primera fue cuando su madre preguntó por la chica y él contestó con un racanísimo *bien*— en Maite. La verdad es que no está mal, este pollito. Y Maite tampoco, lo que pasa es que es un poco susceptible y respondona. Aunque, quién sabe, fantasea Alejandro, a lo mejor es simplemente que posee un carácter fuerte y aguerrido, lo cual no excluye que sea bondadoso. A lo mejor es, simplemente, que se parece a la india sioux que inventó esa canción... Alejandro mete cubiertos, platos y vaso en el lavavajillas, y se echa un ratito.

¡Hay que reponer fuerzas!

3

Suena el timbre. Es Javi, su-viejo-colega-de-los-tiempos-heroicos, de cuando estaban siempre con costras en las rodillas y en los codos y cuando llegaba uno nuevo se tenía que pegar con todos para ver qué puesto ocupaba en el escalafón de la clase. Javi saca de su mochila un par de libros de texto, la consola y dos videojuegos. Los libros de texto vuelven rápidamente a su lugar de origen, mientras Javi ofrece una farragosa explicación de que ha llegado antes porque en su casa dice que tarda más en llegar, para estar más tiempo fuera, o algo así. Alejandro no lo entiende, pero es que ni lo intenta, porque los tejemanejes de su amigo, sus mentiras patético-adolescentes-estudiantiles, le resbalan. Después de unos cuantos roces, frenazos, patinazos con manchas de grasa, espectaculares vueltas de campana, humaredas y tortazos varios, se cansan y pasan al otro juego. En el segundo hay que avanzar con una escopeta de repetición de dos cañones por extraños túneles y pasadizos, de los que surgen unos monstruos agresivos a tope a los que hay que freír a tiros para salvar el pellejo, porque está claro que no hay ni que pensar en algún tipo de diálogo o razonamiento pacifista que aplaque sus iras sanguinarias. La verdad es que es divertido y tenso, Javi y Alejandro se ponen nerviosos, lo viven, adrenalina sin riesgos. Se pasan más de una hora disparando, mirando angustiados cuánto les queda de vida y de munición, eligiendo caminos y emocionándose la única vez que llegan a un nuevo escenario, una nueva dimensión, una experiencia casi mística, hasta que aparece un ser horripilante y desconocido, una mezcla de humano y arácnido que se mueve rapidísimo y que se los zampa de dos dentelladas.

Cuando se cansan, Javi propone echar un *Risk*. Alejandro miente —ya han perdido suficiente tiempo con jueguecitos— y dice que se lo ha llevado su hermano molón el-melenas-capricho-de-las-nenas a la playa. De pronto, sin saber ni cómo ni por qué, se encuentran hablando del único tema universal: ellas. Él, desde luego, no lo ha sacado. Seguro que ha sido Javi. ¿Qué tal tú? ¿Yo? Nasti de plasti. ¿Y tú? Ahora imposible, se han ido todas a la playita, a ponerse buenas con el sol. Javi miente como un bellaco, o como un verraco, dado su estacional estado eternamente primaveral, la sangre alterada y eso. Se han ido muchas XX, sí, pero quedan miles, Madrid es muy grande como para vaciarse del todo. Y además, hay turistas a patadas, rubias, blancas o rojas, enormes y gordas y flacuchas y esmirriadas y celulíticas y con granos y pecosas, las hay para todos los gustos, no hay más que apostarse en el Prado, en el Palacio Real, o por Sol y Santa Ana, para verlas con ganas de fiesta y de sangría. Según la elaborada teoría científicamente probada de Javi, él, Alejandro, pasa de las tías porque le dan miedo, teme el fracaso, el ridículo y el qué dirán, y por eso las rechaza y las rehuye, de plano y de antemano.

—O eso, Álex —Javi le mira fijamente—, o eres maricón.

—Pues no lo soy —replica Alejandro—, y si lo fuera, a ti qué. Lo que es seguro es que nunca me gustaría tu culo gordo. Lo que pasa es que me gustan las chicas en general, pero ninguna en particular, ¿quién me va a gustar? ¿Tina, que no sabe hacer la O con un canuto, que parece siamesa de Eugenio? ¿O Concha, que es más fea que pegar a un paper, y encima muermo? ¿O Vicky, que no para de hablar, o Sandra, que es más callada que una muerta?

—¿Ves? —le interrumpe Javi, triunfante, señalándole con un dedo amenazador-categórico—. Una porque habla y la otra porque se calla, la cuestión es encontrar un defecto, una coartada, una disculpa.

—Vale ya, deja de darme la paliza —dice Alejandro, aburrido del tema. Pero para rematar la jugada, nada como un contraataque donde más duele, en la línea de flotación—. Por cierto, ¿y tú? ¿Hace cuánto que no te comes una rosca?

—Hace menos que tú, fijo.

En ese momento, Javi descubre el *Risk*.

—¿Así que se lo llevó tu hermano? —y lo saca de la estantería.

—¡Andá! —exclama Alejandro el fariseo—. De verdad que creía que se lo había llevado Alfredo.

—No tienes palabra de honor —se queja Javi, como si se tratara de una ofensa personal. Y deposita aparatosamente la caja sobre la mesa.

Se despiden algo rebotados por lo de las tías y por lo del *Risk*, aunque quedan en llamarse. Cuando Javi se va, Alejandro abre por la página 43, en la que lo había dejado el día anterior, uno de los libros que está leyendo (es un bicho raro que no sólo lee mucho, sino que, además, lee varios libros a la vez, glotón de letras), el de Australia. En el Sueño, el equidna (una especie de erizo) era una mujer, y la tortuga un hombre. Un día, disputaron por un caracol que ambos querían comer, y se enfadaron tanto que la tortuga arrojó un haz de lanzas de bambú al equidna y se convirtieron en púas. Éste, a su vez, había lanzado a la tortuga una gran piedra plana, que se transformó en su caparazón. Bien, pues está leyendo ese mito, cuando, de repente, se distrae y se pone a pensar en los últimos acontecimientos de su existencia (llamar acontecimientos a sucesos tan nimios, la verdad, es exagerado, pero Alejandro tiende a la exageración cuando piensa en su propia vida, influido por las narraciones de viajes y aventuras, en un tierno y lastimoso deseo de emulación). La verdad es que el día de hoy ha sido más aburrido que el de ayer, a pesar de la visita de Javi. ¿Será porque ayer estuvo Maite? No le hizo ni caso, pero la mañana, entre la lectura y las miradas subrepticias, se le pasó en un suspiro. En cuanto a lo que ha rebuznado Javi, algo de razón tiene, un mínimo. Alejandro ha cumplido ya diecisiete años y aún no ha dado ni un beso, lo cual no es del todo normal. Bueno, sí, uno, o mejor unos cuantos, pero casi ni cuentan, porque fue a una chica que no le gustaba demasiado, lo hizo para probar, para no quedar en ridículo cuando los amigos hablaran del ÚNICO TEMA MUNDIAL... y también, para que, cuando llegue esa chica que Alejandro espera, sepa cómo besarla, no le dé miedo... Así que ya sabe qué es dar un beso en la boca, un muerde, con lengua y tal, vamos, que no se puede afirmar que sea un rompecorazones, un castigador-lo-siento-nena-fue-bonito-mientras-duró, pero al menos ya no está en el kilómetro cero punto cero, alguna experiencia tiene...

Alejandro se mete en la cama. Empieza a estar un poco desencantado: tanto libro, tanto aventurero, tantas batallas y expediciones, enfermedades terribles, flechazos en la cara, lanzazos en las piernas, tantos descubrimientos y peligros, tantas hazañas siempre ajenas... Tantas historias de pasión... ¡Él lo que quiere es vivir alguna! Ya tiene edad, ya va siendo hora de conocer el amor... ¡Qué lento es, el condenado! Y en octubre, cumple dieciocho... En la universidad, o en la academia, que este año ya no podré entrar, o en Estados Unidos, donde quieren enviarme un año mis padres, habrá un montón de chicas nuevas, piensa esperanzado, y no todas serán idiotas, bastante mala suerte ha tenido ya con que en su colegio no le mole ninguna, eso desafía cualquier ley estadística... ¿Será que, efectivamente, como dice su madre, es hipernegativo, o que, como dice Javi, no le van? No hay que ponerse nervioso, recapacita. Yo, lo que tengo que hacer, es poner cara a la chica del melón. Alejandro vuelve al libro del Sueño y la tortuga. Los aborígenes cazaban el emú, un animal muy curioso, tumbándose de espaldas y agitando las extremidades en el aire, en espera de que el animal, preso de su curiosidad, se acercara a investigar qué era aquello, cosa que sucedía con frecuencia... ¡Mierda!, piensa de pronto Alejandro, yo también soy curioso... ¿Cómo será eso que yo no conozco? ¿Me hará feliz o me hará sufrir? ¿Me tocará la cara o la cruz, el azúcar o la lima, el torrente o el manantial, la rosa o la espina? ¿Y si no le toca nada, y si no le llega nunca, y si se hace viejo, y si amarillea como el papel de los libros que tanto le absorben antes de conocer a una XX que le haga XY? ¡Hay que ver!, suspira... ¡Qué poca prisa se da el amor!

4

El miércoles, día consagrado por los romanos a Mercurio, dios del comercio, de la elocuencia y de los ladrones, Maite se presenta a las diez, con su admirable puntualidad, y se encuentra con Alejandro en su mesa, rodeado de volúmenes, uno de los cuales está abierto en sus manos. Se saludan con cortesía, y poco más. Maite pone una lavadora y empieza a planchar, hay un montón de ropa atrasada. Alejandro, por su parte, a ratos lee y a ratos hace como que lee, más pendiente de los ruidos que vienen de la cocina que de las hazañas de Vasco Núñez de Balboa, de su paso del istmo de Darién y el descubrimiento del Mar del Sur, el Océano Pacífico, que reclamaría para España. Alejandro se ha levantado a las 9,15 a.m., para desayunar y ducharse antes de la llegada de Maite, no vaya a pensar que es eso, un señorito y un vago, un parásito. Maite ha terminado de planchar y empieza a hacer el salón. Hace calor, normal, Madrid y verano, él lleva, por toda indumentaria, unos vaqueros cortados a tijera cuatro dedos por encima de las rodillas y una camiseta blanca. Ella viste igualmente unos pantalones cortos, una camiseta y unas zapatillas. Alejandro la mira de reojo, aprovechando que ella está de espaldas, limpiando unas repisas. Decididamente, una cosa está clara: Maite es toda una mujer.

El frigorífico ha empezado a meter un ruido de mil demonios, un deasafinado concierto de cinco abejorros y un moscón, y Alejandro, que antes ni se enteraba de esas cosas, tanto se concentraba, ahora se distrae: no puede dejar de oír el ruido. Así que opta por iniciar una conversación.

—¿Cómo vienes hasta aquí?

—En metro.

¡No te fastidia!, piensa Maite. ¡Todavía creerá que vengo en limusina, el muy idiota! Pero inmediatamente se arrepiente de su pronto. ¿Pero qué me pasa? El pobre lo único que ha hecho es interesarse por mí, y yo me enfado con él, en vez de desahogarme con el imbécil de mi novio, que es a quien tengo que poner los puntos sobre las íes.

—Podría venir andando —agrega Maite, amablemente—, pero tardaría más de una hora. En metro tardo unos veinticinco minutos.

Alejandro hace un esfuerzo patético por continuar la conversación, se devana los sesos, pero se ha quedado en blanco, será el calor que atonta, no sabe qué decir y finge que se pone a leer.

Pues sí que ha durado mucho la charla... Menos mal que los abejorros y el moscón del frigorífico se han posado y ya no zumban. Desde luego, como animador turístico no tendría precio. Alejandro intenta, infructuosamente, enfrascarse en la lectura. ¿Qué demonios le ocurre? ¡Nunca le había costado tanto adentrarse en un libro!

—¿Qué tal estaba la tortilla?

Eso es lo que podríamos llamar una pregunta osada. Alejandro padece un defecto (bueno, muchos, pero tampoco es cuestión de hacer sangre): tiene a gala no mentir jamás. Considera que hay que decir la verdad siempre, pase lo que pase. Para él es una cuestión moral que lleva a rajatabla.

—Pues...

Alejandro titubea. La tortilla, ya lo sabemos, habría podido desencadenar un motín en un campamento militar, habría dado sed a un camello, habría sido la responsable de la caída de quince piezas bucales en un asilo de ancianos. Y aunque se le ocurre todo eso, ensaya una mentira:

—Estaba bastante buena, la verdad.

¿La verdad? ¡La mentira! Pero ese *bastante* puede delatarle, ha sido incapaz de mentir hasta el fondo...

—Vamos, que no te gustó mucho que digamos —dice Maite.

—No es eso —protesta Alejandro—. Es que soy muy exigente...

¿Muy exigente? ¡Unas narices! ¡Se la dan a un lanzador de peso y se pasa al lanzamiento de disco! Se la tiran a una tortuga... Se la tiran a una tortuga, y la convierte en su caparazón...

—Pues te aconsejo que seas menos exigente —dice Maite—, porque los niños mimados lo pasan mal de mayores.

Alejandro se traga la rabia. ¡Encima! ¡La cocinera-envenenadora-arrancadientes se permite una leccioncilla! Eso le pasa por tonto y por educado, por pusilánime y calzonazos, por no llamar al pan, pan, y al vino, vino. Desde luego, el desgraciado que se enamore de esta merluza va a necesitar mucho amor para poder soportarla...

Nada más decir eso, Maite querría que se la tragara la tierra. ¿Está idiota, o qué le pasa? Pero vamos a ver... ¿Por qué la ha tomado desde el primer momento con este chico? ¿Es que no tiene ella suficientes problemas ya en su vida, como para aumentarlos por tontería? ¿Pero qué le está ocurriendo?

En cuanto a Alejandro, ya hemos visto su reacción. Como primera medida, ha resuelto no dirigir la palabra en lo que queda de mañana a esa imbécil. Los agravios han sido muchos. Punto primero, ¿quién es ella para darle consejos? Punto segundo, ¿y para llamarle niño? Y punto tercero, mimado, encima, la guinda que no falte al postre. Ah, y punto cuarto: por si fuera poco, le presagia un futuro negro... Alejandro está a punto de saltar, de decir cuatro verdades sobre la tortilla, pero, por educación, y por mantener la dignidad, prefiere fingir que ni ha oído el comentario, o que le resbala, que le afecta menos que la opinión de una mosca verde, sí, precisamente una de esas moscas a las que tanto les gusta la caca, no te digo. Casi era mejor el asqueroso zumbido del frigorífico que esta estúpida conversación. ¡Eso le pasa por mentir! Le está bien empleado.

A las dos en punto, pero ni un minuto más ni uno menos, hay que ver, ni que tuviera una alarma en el trasero, Maite se despide.

—Hasta el viernes. Te he dejado gazpacho y ensaladilla rusa. —Y como él no hace ningún comentario—: ¿Sabías que después de la guerra estaba prohibido llamarla rusa?

—No —responde Alejandro, agradablemente sorprendido, pues le gusta conocer ese tipo de anécdotas. Pero inmediatamente se dice que no sea tan blandiblub y que no baje la guardia.

—No te olvides de guardar la mayonesa en la nevera, que si no... —Maite le guiña un ojo—. ¿Hubieras preferido otra cosa?

—Una tortilla —dice Alejandro.

A Maite le hace gracia la respuesta, le entra la risa, porque sabe que la del otro día le salió fatal, y para que él no lo vea, se da la vuelta, sale y cierra la puerta, y, ya fuera, suelta una carcajada, le ha entrado una risa tontísima, y baja las escaleras riéndose, sin poder parar.

Alejandro da un puñetazo sobre un libro de Etnología. ¿Por qué no aprenderá a tener la boca cerrada? ¡Ha conseguido que se vaya ofendida! Aunque, bien pensado, ¿a mí qué me importa esa chulita engreída? El que se pica, ajos come. Como es más bien monilla, se conoce que está acostumbrada a que todo el mundo le baile el agua. Pues él no, estaríamos buenos, él es Alejandro-el-Terrible-el-que-pone-las-cosas-en-su-sitio.

5

Por la tarde, Alejandro alquila un par de películas buenísimas, *París, bajos fondos*, francesa y antigua, y *La princesa prometida*, norteamericana y más reciente. Aunque ambas sean de amor, son de lo más diferente que uno pueda imaginar. Como después de los vídeos no le apetece leer, llama a Javi, y el muy idiota no está. Pues se ha quedado sin una partida de *Risk*, él se lo pierde. Como tampoco le apetece salir —desde luego, va a batir el récord de los vagos y perezosos—, Javi no está y no tiene ningún chucho al que sacar para que haga sus cochinadas, empieza a leer una biografía de Alejandro Magno. Empollar, ya empollará una semana antes del examen, si se lo sabe todo, más que empollar lo que tendrá que hacer es repasar. Hay que reconocer que está imposible, pero, ¿qué pasa? ¿Uno no puede ser un vago redomado por una vez en la vida? Y además, con este calor que atonta las neuronas y agarrota los músculos... Estar tirado con un libro que no sea de texto, ése es el máximo esfuerzo que puede realizar... Alejandro, no está mal... Tiene nombre de conquistador... ¿Conquistador de qué, si lleva una vida sedentaria y monótona, una vida que aburriría a un mejillón? Siempre viajando con la imaginación, siempre leyendo las proezas de otros, las grandes epopeyas, los descubrimientos geográficos, siempre viviendo otras vidas desde su cómodo sillón o su confortable lecho, Alejandro-el-viajero-inmóvil... Bueno, no nos flagelemos, sólo tengo diecisiete años...

Alejandro lee que Alejandro poseía una voluntad demoniaca, indomable, un entusiasmo juvenil inagotable, un gusto innato por la lucha y la victoria, y una preocupación leal por los caídos y sus deudos. Igualito que yo, se fustiga Alejandro con amargura. A los dieciséis años, Alejandro el Grande fue nombrado transitoriamente por su padre, Filipo, regente del reino macedonio. A los dieciocho, demostró sus cualidades de jefe militar en la batalla de Queronea. A los veinte accedió al trono. Era ya un individuo totalmente formado, con criterio propio y grandes facultades. Hay, pues, gente que a su edad ya hacía cosas...

Alejandro cena la ensaladilla rusa, cuyas patatas y zanahorias están algo duras, y, por supuesto, se acuerda de guardar la mayonesa en la nevera, dónde se habrá creído la chica nueva que tiene la cabeza, pues arriba, como todo el mundo. Duda si limpiar la sartén en la que frió los huevos para el almuerzo, su máxima hazaña culinaria, pero piensa que si hace esas cosas Maite no va a tener nada que hacer y vendrá sólo dos días a la semana, y eso a él no le importa, pero le apena por ella, que seguramente necesita el dinero. Total, que deja la sartén como está, sucia.

Eso de leer libros de historia, biografías de grandes personajes, desmoraliza a cualquiera. Compararse con Alejandro el Otro es de masoca, uno se da cuenta de su propia insignificancia ortopédica. Así que pensemos en otra cosa. ¡Qué guapa era la chica de *La princesa prometida*! ¡Y con qué suavidad decía eso de *como desees*! ¡Yo me enamoraría de una chica así! Pero por este barrio no hay nada parecido, desde luego, ni de lejos. ¡Ni subido al Faro de la Moncloa con un catalejo de pirata vería una igual! Y el caso es que gustarle chicas le han gustado, se ha enrollado con una, incluso... Pero eso que sintió o que presintió no puede ser el amor, algo tan pasajero y superficial no puede haber hecho correr ríos de tinta y de sangre, haber inspirado los peores asesinatos y los mejores poemas, haber provocado caídas de reinos... No, eso que ha sentido él, esa atracción por alguna chica, esa ligera predisposición, no puede ser el amor, aún no ha llegado... Y cuando llegue, ¿cómo será?

Alejandro recorre con la vista la multitud de novelas y ensayos que se amontonan en las estanterías, a los pies de la cama, sobre el escritorio, páginas y páginas, líneas y líneas... Entre tanto libro se me va a secar el cerebro como a don Quijote, piensa, presa de un súbito desaliento... ¡Yo quiero vivir, no leer!

6

Esto sí que no se lo hubiera imaginado, porque no hay ninguna explicación, ninguna causa que lo justifique, estaríamos buenos: a las diez en punto, cuando Alejandro oye la llave en la cerradura, su corazón pega un brinco. Menos mal que en seguida recupera su ritmo de setenta pulsaciones por segundo, lo normal en un adolescente sano que hace deporte sin pasarse. Habrá sido casualidad, piensa Alejandro. Maite le saluda con una gran sonrisa, viene dispuesta a que hoy todo vaya como la seda. Y es que, quién se lo hubiera dicho a ella, la noche del jueves, día consagrado a Júpiter, a la salida del cine, ha pensado en Alejandro, y eso que iba con su novio. Esta pequeñez la ha dejado levemente conmocionada. Claro que con su chico no se puede decir que las cosas vayan viento en popa.

Ella empieza a limpiar por aquí y por allá (la verdad es que la casa va a quedar como los chorros del oro, porque una sola persona no mancha mucho, y hay que reconocer que Alejandro tendrá sus defectos, que los tiene como todo hijo de vecino, pero no es nada sucio, Maite piensa que quizá sería más honrado venir únicamente dos días a partir de la próxima semana, se lo propondrá luego), y él lee un libro sobre la evolución del hombre. En realidad hoy le apetecería más leer un Blueberry o un Tintín, pero delante de ella le corta un poco, porque igual piensa que es un infantil. En fin, que está informándose de una teoría según la cual, por un cambio evolutivo, el *Homo habilis*, en algún sitio de África, da lugar al *Homo erectus*. Aquí Alejandro se distrae un poco y piensa en los chuscos dibujos del *Homo erectus* que hizo el zafio de Eugenio en clase, demostrando que aún está en la fase Neandertal.

Suena el teléfono y mira tú qué novedad, es Javi, que quiere pasarse por su guarida con la mochila con los dos libros de texto a los que esta vez les toque pasear, la consola y los videojuegos. Alejandro se resiste como gato panza arriba: no, esta mañana es imposible, está ocupadísimo. En ese momento entra Maite, y, aprovechando que Alejandro está al teléfono, levanta los libros desperdigados sin orden ni concierto y limpia la mesa, todo libros serios, piensa Maite con una brizna de desaprobación, ya podía leer de vez en cuando un Tintín o un Asterix, a este hombre le va a dar algo, y después vuelve a colocarlos igual que estaban, en un aparente desorden apocalíptico. Mientras efectúa su labor, con eficacia no exenta de gracia, Maite echa la antena e intenta adivinar con quién habla él, sin reconocerse a sí misma que está un punto celosa: todo lo más, un punto cotilla.

—Pero, tío —chilla desagradablemente Javi, el árbitro internacional de la moda, seguro que está en calzoncillos tipo slip-marcapaquete, camiseta de Kurt Cobain y sandalias-o-Adidas-Jesucristo—, si seguro que estás tocándote el bolondrio. Voy para allá *ipso facto*.

—Que no —se opone Alejandro con firmeza—. Además, voy a salir ahora mismo. Vente por la tarde, si quieres.

Alejandro no quiere que Javi vea a Maite ni en foto y empiece a darle la brasa: qué buena está, ¿te has fijado en el culo?, o peor, ¿te has fijado en las tetas?, pídele el teléfono *ipso facto*, podríamos quedar un día los tres... Lo que le faltaba, menudo plan, espeluznante, él con Javi y con Maite, divertidísimo, vamos. Ni borracho piensa presentársela, no es que ella le importe especialmente, pero le cae bien y sólo a su peor enemiga se la pondría a tiro a Javi, a Maite no, pobrecilla, no merece morir tan joven.

—Bueno, voy por la tarde, pero echamos también un *Risk*, ¿vale? ¿Contrato firmado?

—Vale, contrato firmado —a Alejandro le horroriza esa pedantería de contrato firmado, el viejo de Javi es un abogado que se cree que ese tipo de expresiones casposas va a ayudar a que su hijo sea más responsable, y además es uno de esos que dice que ya no hay ni honor ni moral, y blablabla, y por eso ya no vale lo de la palabra de honor, blablabla, pobre Javi, hay que comprenderle, animalito—. Y ahora adiós, que tengo que salir pitando.

Alejandro cuelga y, consciente de que es muy posible que Maite le mire, vuelve a sus libros andando más erguido que nunca, parece un gallo en un gallinero. Maite, que ahora se halla limpiando las ventanas del salón, mira de reojo a Alejandro: ¿se va a ir? No le apetece nada quedarse sola, cosa rara, normalmente le da exactamente lo mismo, a veces incluso lo prefiere, pero ahora no, por nada del mundo, y desconoce el motivo. En realidad, ¿qué le importa? Como si el señorito se va a Kazajistán porque allí le ofrecen un trabajo de ratón de biblioteca, a ella qué.

Eso sí, si se va, que no se olvide de pagarle estos tres primeros días.

—¿Vas a salir?

¿Seré tonta? ¿Por qué le habré preguntado eso, si me importa un pito? Y encima me ha temblado la voz, un poquito nada más, pero me ha temblado, que lo he notado. Menos mal que seguro que esa especie de sabio distraído y atontolinado que sólo sabe hacer huevos fritos —y nunca se le ocurre limpiar la sartén, hay que ver— no se ha enterado de nada, mejor.

—No —contesta él.

—¿Era una chica con quien hablabas?

¿Pero te puedes callar, metepatas, anormal? Otra pregunta chorra más y te coso los labios con hilo de bramante. Que eres una indiscreta, un pedazo de indiscreta, eso es lo que eres.

Alejandro se sorprende un poco por el interés. ¿Interés? ¡Ojalá! Más bien se trata de curiosidad cotilla femenina, piensa escépticamente.

—Sí —afirma.

¿Por qué miento?

—¿Es tu novia, o tu rollo, o como lo llames?

¿Por qué pregunto tanto? ¡Qué vergüenza! Y eso de tu novia o tu rollo... ¡Qué mal me ha quedado!

—Es como lo llame: o sea, una pesada.

Maite piensa que no es extraño que las chicas acosen a Alejandro, la verdad es que es bastante bien parecido y un punto misterioso, hombre, es algo borde, ya, pero a veces eso mola, mejor un tío que las devuelva que no el típico pasmarote que se queda callado por falta de ingenio o de carácter.

—¿Qué estás estudiando?

—Nada. Leo libros. Pero he suspendido selectividad.

—¿No diste ni golpe, o qué? —inquiere ella, divertida, o burlona.

—O qué —responde Alejandro, muy digno—. No se leyeron el examen —agrega, esforzándose por conferir a sus palabras el tono justo, ni de plañidera-llorica, ni demasiado serio y artificialmente convincente. Una cosa como intermedia, así, despreocupada.

—Ya —dice Maite, con una mueca irónico-vacilona—. Todos dicen lo mismo, como en la cárcel, que todos son inocentes. Inocentes angelitos que van a ir al cielo —y Maite hace como que mueve las alas y vuela.

Pero esta tía de qué va... A Alejandro, en el fondo, le hace gracia que Maite sea tan impertinente, y le gusta cómo imita a un pajarito, pero por otro lado le da rabia que le pinche justo donde más le duele, el fastidioso tema de la selectividad. Así que contraataca, lanza sus aviones de combate, y varias andanadas de artillería pesada, y unas cuantas ráfagas de ametralladora.

—¿Y tú qué sabrás? ¿Tú hasta dónde has estudiado? Me gustaría verte a ti haciendo selectividad.

Maite respira antes de contestar: le tiene donde quería, a su merced, al hijo de papá engreído, con sus airecillos de superioridad. Qué fácil desinflarle un poquito... Y además, por su bien, que con tanto aire y tanta presión el día menos pensado estalla.

—Podrías haberme visto, pero me temo que ya es un poco tarde. Saqué un 6,8.

Toma cortazo. Maite se da la vuelta; ha terminado de limpiar las ventanas, y ahora se dirige a la cocina. Alejandro no es que tenga demasiada sed, pero es verano, hace calor, se venden ventiladores y no bufandas, y a nadie le parecerá sospechoso que quiera beber un vaso de agua. De paso, investigaría un poco eso del 6,8. ¿Así que ella ha aprobado selectividad, no como él y el cafre de Javi?

Maite está acabando de lavar un vaso en el que él bebió ayer leche. Lo deja en el fregadero para que se escurra. Hay pueblos criadores de ganado bovino que limpian los recipientes de leche con orina de vaca. ¡Menos mal que ella no es una cafre tipo Javi!

—¿Un 6,8? ¿De verdad?

—Sí. Este año empiezo Derecho, y si no, Publicidad. Pero seguro que entro en Derecho. Curro para pagarme la matrícula.

Podría haber metido el vaso en el lavaplatos. Como trabaje tanto, se va a herniar. A Alejandro no le gusta ver trabajar a Maite. Le gustaría echarle una mano, pero sería ridículo: ella cobra por eso. Si la ayudara, tendría que despedirla a continuación y no podría estudiar... Valiente ayuda sería ésa.

—¿Y tú?

—Yo quiero estudiar Arquitectura —dice Alejandro—. Ahora leo libros de otras cosas, pero es que creo que es mejor tener una formación amplia, no sólo técnica, de humanidades...

Alejandro se calla, embarazado. ¿Estará resultando asquerosamente pedante y fantasmón? Qué solemne y plomizo ha debido de sonar...

Sin embargo, Maite encuentra muy interesante lo que acaba de decir Alejandro, está de acuerdo, más vale tener una formación lo más completa posible, que hay gente que sabe mucho de su especialidad, y luego, si le preguntan dónde está Indonesia, dicen que no se acuerdan o que eso no cayó en selectividad.

—Te harás un piso de soltero, ¿no?

¡Qué tontería acabo de decir!, piensa Maite, roja como un tomate. ¿Quién me mandará abrir la boca?

—No —replica Alejandro—. Sueño con hacer rascacielos...

¡Que me unten con miel y me devoren las hormigas y no quede ni rastro! Sueño con hacer rascacielos... ¡Hace falta ser hortera para soltar una frase así! Pocas veces ha sentido Alejandro más vergüenza que ahora. Bebe un trago y casi se atraganta, del bochorno y del mal rato que está pasando. Y se pone a sudar, suda tanto que va a necesitar otro vaso de agua. A ver si al menos elimina unas cuantas toxinas. Pero mira que si empieza a oler a sobaco en presencia de Maite... Lo que le faltaba. Por si las moscas, retrocede dos pasos. Y para borrar la frase anterior, dice:

—El sábado hago una fiesta. Si quieres venir...

Maite le mira con el ceño fruncido, qué tío más estrambótico. La invita y da dos pasos hacia atrás. ¿Será un traidor? Esa actitud no es muy de fiar, desde luego. A ver si se acuerda de mirar en el libro que tiene sobre lenguaje corporal qué narices significa eso. ¿Traición, cobardía, timidez?

Lo de la fiesta le ha salido a Alejandro así, de pronto, sin pensarlo. El mismo está sorprendido de su audacia pirata y contrabandista. El subconsciente, que traiciona más que Judas. Es por romper la monotonía, por aprovechar que no están sus padres... y por ver si, por fin, pone cara a la chica que le ofrece sonriente una raja de melón.

—No es lo propio —dice Maite, más bien replegándose.

—¿Por qué no? —Alejandro con la bayoneta calada, atacando en oleadas suicidas—. Venga, no seas tonta.

—No te lo prometo —dice ella.

—A las diez y media —dice él—. Va a estar bien, ya verás —¿pero es que no puede ser más persuasivo, más encantador y convincente? Desde luego, qué labia tienes, hijo, la envidia de un charlatán de feria. Si la cosa es adornarla ahora, y después, ya se verá: después, la famosa improvisación latina. Lo importante es que la pantera negra entre en la trampa. Añade algo, que la tía está dudosísima—. Si tienes novio, puedes traerlo. ¿Tienes novio?

—Sí.

A Alejandro casi se le cae el vaso al suelo. Y luego, casi se cae él encima. Pero, aunque ha sentido un ligero mareo, no desfallece y se rehace, con gran presencia de ánimo. Será golfa... ¡A su edad, y con novio! ¡Y en una situación de evidente inseguridad económica! Y él que creía que era una chica decente. Una lagarta, eso es lo que es. Y él un ingenuo, más simple que un chupete... Pero vamos a ver, Alejandro, recapacita, ¿qué más te da? Y además, ¿cómo que a su edad? Si debe de tener la tuya, diecisiete, que estás perdiendo los papeles, majete. Y eso de que sea decente... Desde luego, a veces se te va la pelota.

¿Y por qué la he invitado?

—Bueno —dice ella—. Me voy.

Alejandro cierra los ojos. ¿O los ha tenido cerrados todo este tiempo de peligro no acercarse tendido eléctrico alta tensión? No, los tenía abiertos, porque recuerda perfectamente la expresión de Maite, mirándole como si fuera un marciano verde y asqueroso.

—Son las dos en punto —dice, con los ojos cerrados—. ¿Me equivoco? Ni un minuto más, ni uno menos.

—En efecto —dice ella—. Hora de marcharse...

Y entona eso de *hora de marcharse* de la misma manera en que dicen *ya están aquí*, en la película esa, *Poltergeist*, cree Alejandro que es.

—Te tengo que pagar.

Alejandro va al cuarto de sus padres y saca la pasta del sobre que se guarda en un cajón, quince mil cucas. ¿Por qué la ha invitado? ¿Será que quiere verla el sábado, que no es el día consagrado a Saturno, además de lunes, miércoles y viernes? Sábado, día de descanso hebreo, *shabbath*. Día de fiesta. Pues toma fiesta. ¿Y si le dice que venga a recoger el domingo? El domingo, día del señor, *dominicus dies*, o del señorito, más bien. Pero no, sería de lo más grosero invitarla a la fiesta y que luego ella tuviera que recoger al día siguiente. Alejandro se avergüenza de sí mismo. Un gusano tendría más clase.

—Hasta mañana —dice, jugándosela.

—No te lo prometo —replica ella, erre que erre—. Te he dejado unos espaguetis con tomate y champiñones.

Teniendo en cuenta sus habilidades culinarias, eso ha sonado casi a amenaza. Maite abre la puerta y se detiene un instante, indecisa. La verdad es que, con venir dos días a la semana, sería suficiente. Su honradez está a prueba. Pero... le gusta ver a Alejandro. Es más por eso que por el dinero por lo que no ha dicho nada en toda la mañana, con la duda atormentándola. Si al final ve que ya no está ocupada todas las horas y que se distrae o que limpia cosas que ya están limpias, o algo así, cobrará menos, o disminuirá el número de horas. Por ahora, aún hay tajo.

Maite sale por fin.

Alejandro, que ha estado aguardando con las orejas tiesas a que Maite se vaya, parece haberse quedado paralizada en el recibidor, oye que la puerta se cierra, y coge el periódico. Echa un vistazo general, lee algún artículo aquí y allá, y ya suficientemente informado de la actualidad nacional e internacional, se sirve un plato de espaguetis. El tomate está ácido, los espaguetis parecen gomas para el pelo y los champiñones son más sosos que Stallone. Y hay como para todo el fin de semana. A ver si Javi le echa una mano.

Después de la suculenta pitanza, decide echarse un rato, antes de que llegue Javi con sus videojuegos. Qué cara va a poner el muy salido cuando se entere de la fiesta. Se hará mil ilusiones, y luego ni rosca, como siempre. ¿Vendrá Maite? Eso de que tenga novio le ha molestado... ¿Celoso, él? ¿De qué? ¡Ni que ella le gustara! Pero vamos a ver, seamos lógicos... ¿A mí qué me importa lo que ella haga o deje de hacer? ¿Qué me importa con quién se enrolle, con quién se dé un morreo? ¿En qué cambiará eso mi vida? En nada, absolutamente en nada. Seamos, pues, lógicos, científicos. Conservemos la cabeza fría y la sangre helada, el corazón lento, como los reptiles en invierno, tipo víbora hocicuda, por ejemplo. Eso es lo mejor: frío y con jeta. La he invitado por pura cortesía... Alejandro, mientras se entrega a sus lamentables reflexiones de avestruz que se niega a ver, se va quedando aletargado. Menudos espaguetis, como para ponerlos a diario en el Purgatorio. *No te lo prometo*. Pues no me lo prometas, idiota. Abúrrete con tu novio, petarda.

Tras llamarla idiota y petarda, Alejandro se queda más tranquilo, más seguro en su agujero. ¿Qué le importa que venga o no? Si él se enamorara, eso sí cambiaría su vida, eso sí sería una aventura, adentrarse apenas armado en lo peligroso y desconocido...

7

El timbrazo de Javi, con toda su mala leche, le saca de su atontamiento preonírico. Alejandro abre la puerta. El aspecto de su amigo es lamentable: sudoroso y colorado, con unos vaqueros lavados a la piedra de lo más macarra, una camiseta funky-tecno-hortera y unas Nike que abochornarían a un negro de Nueva York. Alejandro le daría con la puerta en las narices, si no fuera por los videojuegos y porque es un colega de toda la vida, de los viejos y heroicos tiempos del jardín de infancia y las canicas y las persecuciones detrás de las niñas para levantarles las faldas y tal.

—¿Dónde ibas con tanta prisa esta mañana?

—Ya te contaré —responde Alejandro, para ganar tiempo e inventarse algún pegote. Porque Alejandro acaba de decidir que, de vez en cuando, una trola no está mal. Y a la rata carroñera de Javi no le va a confiar que tiene una chica bombón lunes, miércoles y viernes, que le limpia, le hace la comida —bueno, si es que a eso se le puede llamar comida, por cierto, tiene que ofrecerle a Javi los espaguetis— y le cambia las sábanas.

—¡Hoy estoy cumbre!

Javi siempre ha sido igual: se le va la fuerza por la boca. Vaya, otra vez está criticando a su uña-y-carne. Alejandro tiene la duda de si es hipernegativo, como asegura su madre, o si simplemente está rodeado de energúmenos y tarados, como más bien cree él.

—¿Qué te apuestas a que te gano todas las partidas?

—¿Qué dices de que apestas?

—No, que qué te apuestas.

—Ya, pero que por qué apestas.

La gracia no es como para partirse, pero tampoco como para mosquearse, qué tío más tonto, allá él. Javi, de morros, instala en la televisión la consola, y se pasan un rato dándose leñazos contra otros bólidos o contra las barreras de protección y pegando trabucazos a los monstruos musculosos y sanguinarios. Al cabo de un par de intensas horas se hartan.

—Podrías comprar otro juego —últimamente se lo pisa, Alejandro.

—Qué gracioso. Si lo pagas tú.

Echan un *Risk*. La verdad es que el *Risk* es más divertido entre tres o cuatro, pero qué remedio. Conquistan países, invaden continentes, reciben refuerzos, tiran los dados, intentan destruirse y alcanzar el objetivo. Cuando terminan la partida —Alejandro ha conseguido conquistar América del Sur, Oceanía y un continente a elegir, que resulta ser África, y enseña su carta triunfante—, Javi vuelve a la carga.

—¿A qué ibas esta mañana?

Alejo el viejo suelta la bomba.

—A la compra: mañana hago una fiesta.

Qué lata, piensa Alejandro, si además es verdad, tengo que hacer la dichosa compra.

—¿Y a quién vas a invitar, mapache?

44

—Ése es el problema —dice Alejandro—. ¿Quiénes estamos, aparte de tú y yo?

—A ver... Está Ricardo... Mario y su primo... Y Nacho... Y seguro que más peña: das una patada a una piedra, gritas FIESTA —el memo de Javi no se contenta con sugerir la escena, quiere *representarla*, pega un berrido de cincuenta mil decibelios que probablemente oye todo el vecindario y da un susto de muerte a Alejandro, desde luego es incomprensible que le tenga tanto afecto, una obra de caridad—, y aparecen cuarenta cuervos y cien buitres.

Valiente grupo, para tirar cohetes, ni seleccionado a mano por Juan Valdés. Ricardo es el gordo abúlico de la clase. Se puede ser gordo y activo, gordo y neozelandés, gordo y cuarentón, gordo y pelirrojo y cualquier cosa que se te ocurra, pero Ricardo es gordo y abúlico. Se sienta, no habla, sólo come palomitas o panchitos o patatas fritas o lo que le quede más cerca, y mira a su alrededor con aire estúpido. Lo curioso es que luego, cuando te tomas la molestia de hablar con él, y Alejandro se la toma a veces, porque la verdad es que le cae bien, de tonto no tiene un pelo. Mario es desgarbado y flojucho, con el cabello lacio hasta el hombro y un montón de granos que le obsesionan, acné juvenil, se echa tanino y cremas y nada, allí siguen los granos, claro que si no se echara nada quizás sería peor. Todavía tiene que desarrollarse, sobre todo mentalmente, a juzgar por sus gustos: el gore, el fútbol americano —así, como suena, yankilandia, muy fuerte— y las hamburguesas. Beni, su primo, es la sorpresa que tiene que haber en toda reunión chic, el elemento nuevo y descontrolado que puede animarla, o al menos proporcionarle un toque distinto e impredecible. Nacho es el que más mola, o eso se cree él y unas cuantas descerebradas, así que igual ni viene.

45

Es un enrollado, sabe tocar la guitarra, dice que es budista, aunque no sabe ni qué significa eso, y liga bastante. Alejandro no se opone a invitarle, igual trae alguna tía. Que vengan todos, para hacer bulto. Bueno, y además, si no, no sería una fiesta.

—¿Y de música? —se mofa Javi—. ¿Vas a sorprendernos con lo último de Mozart?

Alejandro no tiene discos. Suena aburrido, y tal, pero es que el dinero se lo gasta en libros. Eso molaría en los años sesenta, entre los universitarios rojeras con-barbita-y-ganas-de-cambiar-el-mundo, pero ahora queda más bien raro. En la casa hay lo que escuchan sus padres, fundamentalmente música clásica, y lo que escuchaban, canciones para el recuerdo, de los años sesenta y setenta. Alfredo, su hermano, sí compra compactos, una bonita colección con lo último, pero el muy capullo se los lleva a la playa, o los esconde, o se los come, Alejandro no sabe qué hace con ellos; en cualquier caso no están a la vista, y él pasa de revolver las cosas de su hermano, como si fuera un perro drogadicto en la aduana.

—Ocupaos tú y Nacho de los discos —dispone, en plan general Patton—. ¿Y asunto tías?

—Ahí has puesto el dedo en la llaga, mapache —admite Javi—. Están todas torrándose y tomando granizados. Si fueran otras fechas —fantasmea, pero a quién querrá engañar, si el otro día, cuando no se veía entre la espada y la pared, defendía justamente lo contrario— conseguiría mogollón. Podemos salir de caza.

Ya salió el Neandertal que todo *Homo sapiens sapiens* lleva dentro. Pues él, Alejandro, es una especie adelantada y evolucionada cien por cien: las presas tienen que ir a su guarida. Bastante tiene con ceder la choza y organizar la movida. Él es de la época del Internet, no de las lascas y los instrumentos de piedra y pelo-incluso-en-la-tripa.

—Yo paso —dice—. Pero podemos hacer alguna llamada.

Los dos amigos tiran de agenda, experiencia traumática por la que todo macho en edad reproductora tiene que pasar alguna vez en la vida. Desde luego no son Bond-James-Bond y Brad Pitt preparando una juerga: su lista es descorazonadora, y no precisamente porque vayan a dejar sin corazón a cuatro despistadas, sino por lo contrario.

Después de sucesivas e infructuosas llamadas —unas no están, otra no se quiere poner con Javi, que pasa por la humillación de oírla: di que no estoy, di que no estoy, la muy zorra—, Alejandro, sensible a los insistentes ruegos de su uña-y-carne, se rebaja y llama a Tina la Espantosina. Tina es guapa, lo de Espantosina es porque es una petarda y una repipi. O eso opina Alejandro el meganegativo.

—¿Está Tina?

—No, se ha ido a la playa.

—Qué original.

—Ya ves. ¿Y quién la llama?

—Soy Álex. ¿Y tú quién eres?

—Soy su hermana.

Igual es guapa, tiene una bonita voz. Ánimo, kamikaze. Líate un trapo alrededor de la cabeza, inicia un vuelo en picado y grita *banzai*.

—Era para invitarla a una fiesta mañana. A lo mejor te quieres venir tú.

Uf. Ya está.

—No creo que me dejen.

—¿Por qué?

La respuesta se hace esperar unos segundos.

—Sólo tengo doce años.

—Guay —dice Alejandro, medio desesperado y a la vez aliviado, porque el fracaso tiene plena justificación—. Te llamo dentro de cinco años.

—Te estaré esperando —replica la enana, y cuelga.

Qué listilla, más tablas que Daimiel. Alejandro cuelga, con una medio sonrisa, pero en seguida se pone serio. No han reclutado a ninguna. Y no hay cosa más deprimente que un grupo de tíos borrachos sin chorbas, una especie de preludio de la mili. Nadie merece semejante crueldad, y de eso ya han tenido bastante, el viejo Alejo y sus colegas.

—No te preocupes, Álex —le anima Javi—. Madrid está lleno de chicas, más de la mitad son tías. ¿Y turistas? ¿Te has fijado? Esas mezclas imposibles entre elefantes y cangrejos con ropas deportivas están colgadas, pululando, hartas del calor y los museos y el gazpacho y la tortilla *typical Spanish*. Haré una batida y ya verás como pillo a tres o a cuatro. Aunque sea a lazo.

¿Y él es el que tiene palabra? Menudo veleta está hecho: ya vuelve como el hijo pródigo a la teoría de que el mundo está lleno de XX. Antes de que salga de caza, Alejandro, más hospitalario que un hombre azul del desierto, le ofrece unos deliciosos espaguetis. Javi dice que ha comido una pasada, un atracón de pasta, precisamente, y que no le apetece nada.

—Tú te los pierdes —dice Alejandro el judas.

Cuando se queda solo, se tumba en la cama en calzoncillos y se pone a mirar el techo. Cuánto tarda en llegar el amor... ¿Y cómo será cuando llegue, qué pinta tendrá? Probablemente sea como una tortuga. Lento, pero fuerte y seguro, tenaz y persistente: se refugia en un caparazón —en una roca plana arrojada por un equidna, con semejante peso no es extraño que se retrase, en una tortilla de patata hecha por Maite— y ya no hay quien lo saque de ahí. Y una vez que se instale, ¿cómo será? ¿Será frágil como una mariposa, vivirá sólo tres semanas? ¿O será, también en esto, como un galápago, que puede sobrepasar los doscientos años? ¿El amor que le está destinado a él será de larga duración? ¿De usar y tirar, o de lavar y guardar? ¿Será recargable e indestructible? Alejandro quiere un saludable amor antichoque, antimagnético y sumergible, y aun así... ¿Podría hacer una copia de seguridad? Y si se queda, si asienta sus reales, si de nómada se hace sedentario... ¿Hará libre o hará esclavo?

Ay, esa tortuga, ¿por qué kilómetro estará? Debe de viajar por carreteras secundarias respetando todas las señales, la muy tonta... Qué perezosa eres, tortuga... ¡Yo te meteré prisa y te haré golondrina!

8

Fiesta, fiesta! ¡Bacanal y despendole! Han venido todos y ninguna: ahí están, además de Alejandro y Javi, Ricardo, Mario, su primo Beni y Nacho, la mayoría sentados y con un vaso en la mano, con cara de estar contemplando una puesta de sol en el infinito o más bien de amuermarse en una sala de espera. Los mayores siempre se creen que los jóvenes están todo el día dale que te pego, pero es que viven en las nubes, y además, en estos asuntos, la imaginación casi siempre supera la realidad. Bueno, la verdad es que hay una pavita, Mara, que ha sido captada por Javi, la de medallas que se va a colgar, y a quien Mario se disputa ferozmente, la ley de la selva. Los demás están a su bola: Beni, el primo de Mario, es extremadamente retraído, y además, nadie le hace mucho caso. Se ha sentado en un sillón y bebe una birra, siguiendo a ratos el ritmo de la música con los pies. Casi nadie se acuerda de que se llama Beni. Nacho es un capullo. Podría haber aportado alguna tía, pero es uno de esos buitrazos que no exponen, que no comparten: va solo e intenta volver acompañado, y cuando no va solo, simplemente no va. Viste como un vendedor de *La Farola*, pero es pura pose; en realidad, sus jefes están podridos de pasta. En fin, uno de esos tipos con los que, tras escarbar un poco en su superficial piel de *enroller*, se llega rápidamente a la conclusión de que no se puede contar para nada con él. Bueno, sí, para ver un partido de fútbol o para echar un billarcito. Seguro que con las troncas es igual de egoísta, pero tardan en darse cuenta un poco más, porque al principio las engatusa, y cuando se dan cuenta es porque el pájaro ha volado, frecuentemente con alguna frase para el recuerdo o para la basura, tipo «nunca te prometí un jardín de rosas», o «tranqui, desde el principio te dije que lo nuestro era pura y dura coyuntura». Luego lo cuenta a los colegas, no para compartir, sino para darse pisto, y a por otra. Como Mara no le interesa, porque no está buena, Nacho se dedica a pinchar la música, en plan autista, cosas ambas (música y autismo) que Alejandro no deja de agradecer. Mario y Javi, ya he dicho, cortejan como perros a Mara, que está encantada y subida de revoluciones, en su vida se ha visto en otra, y probablemente llueva mucho hasta que vuelva a suceder: es la chica más guapa de la fiesta, la más misteriosa, la más enrollada, la más simpática, la más ingeniosa, la más sexy y la más comprensiva-tolerante-liberal. Lástima que, además, sea la única. Bueno, pues Javi y Mario se la rifan, se la disputan, luchan por ella, le echan hielo y tónica y ginebra-sobre-todo-ginebra en el vaso en cuanto su nivel baja dos dedos. Mara baila con uno, baila con otro, un pasito para delante, un pasito para atrás, ¡meeeeedia vuelta!, está feliz, ebria de éxito y de alcohol, qué importa que Javi y Mario no sean los pavos más deseados del distrito de Moncloa y adyacentes, tienen gracia, son originales, Mario todo de negro, con un intento de perilla adolescente-lampiño-patética y unos anillos-calaveras en los dedos, y Javi con unos pantalones y una camiseta de su abuelo grunge, muy práctica en verano, circula el airecillo que da gusto, qué otra cosa se puede decir.

Alejandro se ha enredado en una conversación plomiza con Ricardo sobre los fichajes millonarios del Madrid, el Barça, el Atlético, el Depor y el Betis, Ricardo se los sabe todos y todas las cifras, la duración de los nuevos contratos y las cláusulas de rescisión, abúlico, sí, pero cuando se pone a hablar tiene más carrete que una caña de pescar, empieza y no para, y la verdad es que como no hay mucho más que hacer, Alejandro no puede o no quiere escapar, no vaya a ser que caiga en Guatepeor. A las once y media el pobre Beni, el elemento nuevo que ha de aportar un toque de originalidad a la fiesta, y que no ha dicho esta boca es mía en toda la siniestra velada, abre por fin el pico, para echar una verdosa pota con tropezones en la alfombra nueva traída de Estambul por la mamer, le ha dado un mal rollo en el estómago de tanta cerveza y tanta música tecno-alienante. Mara lanza un gritito, casi le salpica, Javi se echa a reír obtusamente, bajo los efectos del alcohol, con Nacho el-mamonazo-disfrazado-de-tío-interesante no va la cosa, Mario acompaña a su primo al baño, y Alejandro corre por una fregona. Mientras limpia la repugnante papilla, se acuerda de Maite, Maite pasando la fregona y limpiando los cristales y planchando y diciéndole alguna impertinencia, lanzándole algún dardo perfumado más que envenenado. Lo cierto es que lleva acordándose de ella toda la maldita noche, deshojando la maldita margarita, vendrá, no vendrá, vendrá, no vendrá, y cada minuto que pasa aumentan las posibilidades de que, definitivamente, no se presente. No es que Maite le guste, no, claro que no, se repite él mismo una y otra vez, no te confundas, pero esa chica le intriga y le apetecería hablar con ella. Salvado aceptablemente el incidente de la pota, a la una en punto Nacho, como si fuera una especie de Cenicienta moderna a la que dejan una hora más, peluda y autista para más señas, gruñe un adiós general y toma las de Villadiego. Mara propone ir a tomar una copa a no sé qué terraza pijopedorra, y Javi y Mario se apuntan al bombardeo como una sola persona, o como los dos verracos en celo que son. Visto lo visto, no es extraño que Ricardo decida también abrirse. El abandono generalizado del barco por parte de sus ratas polizones no es que suma al capitán Alejandro en la desesperación, precisamente.

—La fiesta ha estado guay —dice el pobre Beni, pálido y medio mareado todavía, echando el resto con una sonrisa de muerto viviente—. Gracias y perdona.

—No te preocupes —le dice amistosamente Alejandro, y le da una palmadita.

Ya se han despedido todos, bienvenida seas, soledad. Alejandro, encantado cien por cien de que la farsa haya terminado, se pone una copa y se marca un bailecito lagartijo-sincopático de lo más fardón, nadie le ve pero hay que estar preparado, que las nuevas generaciones vienen pisando fuerte. La canción acaba, el viejo Alejo deja de bailar y de flipar y algo pedillo, pues también él se ha tomado sus copas, qué pasa, recoge los vasos, las colillas, los huesos de aceituna desperdigados por el suelo, guarda las bebidas que han sobrado, un montón, ventila la casa para que el olor a vómito huya cobardemente por las ventanas y, en fin, borra todas las pruebas del delito.

Cuando Alejandro se tiende en la cama, a las dos, le da un bajón de montaña rusa, está deprimido y se siente solo y desgraciado, ¿a quién le importa su destino, a quién le importa su suerte? Maite no ha venido ni siquiera con su lapa, y Mara, desde luego, no era la chica de la raja de melón... ¿Por qué otros a su edad ya se han enamorado y han paseado por los parques cogidos de la mano ofreciendo una imagen patética, y él todavía no? Entre el sufrimiento amoroso y la nada, Alejandro escogería el sufrimiento amoroso... Maldita tortuga... ¿Te atreves a ignorarme, canalla? ¿Corres contra el viento, nadas contra la corriente, has de enfrentarte a las más empinadas subidas, estás herida y te arrastras? No te pondrán una multa por exceso de velocidad, no... Ay, tortuguita... ¡Yo te convertiré en gacela! A Alejandro le gustaría que una XX le abrazara, que alguien le desvelara qué va a ser de su vida, que alguien le consolara aunque en rigor no haya nada de qué consolarle... Esta tristeza que se me está echando encima es absurda, piensa Alejandro, y me está poniendo de lo más cursi... Maldita sea, qué solo me siento, y qué poca prisa se da el amor...

9

Aquién le molan los domingos sin fútbol? Desde luego a Alejandro no, y menos si sufre algo de resaca, no una pasada, pero sin duda más que cero.

Alejandro baja a la calle, desayuna un café con churros, compra el periódico y sube. Hace un calor repugnante, el aire se podría pesar. El periódico le ha costado doscientas setenta y cinco calas, suplemento incluido. ¿Y el amor? ¿Cuánto cuesta el amor verdadero? Cero... ¡Qué paradoja, que lo más valioso de este mundo tan consumista no cueste nada!

Alejandro está desganado y atontado, no le apetece ni pensar, ni moverse, ni ver la tele, ni nada de nada. Le gustaría que este domingo pasara rápido, Maite podría llamar para disculparse, ¿no? Él, no hace ni falta decirlo, no va a llamar para preguntar por qué no vino, no es una babosa con patas. Está pensando en eso, en que si Maite tuviera un poco de clase le llamaría, cuando suena el teléfono. Alejandro descuelga nervioso. ¿Y si es una de esas casualidades que tiene la vida?

—¿Sí?

Debería habérselo figurado, mierda elevada al cubo: es su neurótica madre. Claro, es domingo y es más barato, serán roñas. Por aquí, por sus posesiones capitalinas, todo va bien —ni palabra de la fiesta, por llamarla de alguna manera—, ¿la chica?, sí, normal, no se ha fijado mucho, cumple su trabajo y el horario y tal, como todas, supone Alejandro. Alfredo le arrebata el auricular a su madre, cuchicheos, forcejeos y reproches, y por fin:

—¿Cómo te lo montas, tronco? Aquí de muerte, deberías venirte y echarme una mano, tantas tías para mí y tantos libros para ti es insano para ambos dos, deberíamos buscar un equilibrio...

Alejandro se lleva bien con su misma sangre, pero son completamente diferentes, es como si uno fuera kriptonita y el otro del asteroide 58. Lo que más le fastidia a Alejandro es que está medio de acuerdo con su hermano, le sentaría bien un mayor equilibrio entre los factores libros y mujeres. Tampoco necesitaría como el enfermo de Alfredo varias, con una sería suficiente, cuando uno está sin tronca la monogamia se ve con buenos ojos, del mismo modo que su hermano, con tronca, no le hace ascos a la poligamia. Pero, hermanito, suelta el muy memo, ¿a ti te va el rollo de las tías, o no? De tú a tú...

—¿Tú qué crees? —dice Alejandro, un poco mosca ya.

—Es que, mira, por ejemplo, la Tina esa de tu clase está un rato buena, y te tiraba los tejos, ¿no?, y tú ni caso. Con toda confianza...

Alejandro se sulfura, esto es ya una epidemia. Con toda confianza te daría un puñetazo en cierta parte, imbécil.

—Pues claro que me gustan las tías, y a lo mejor más que a ti. —Y añade, para quitarse de en medio el tema—: Además, me he enamorado.

—¿Qué? ¡Mamá, mamá, Alejo se ha enamorado...!

Será imbécil. Y otra vez pega la boca al teléfono. ¿Y de quién? ¿De quién? Alejo, canta, cabrón... Pues... Ya te lo diré a la vuelta.

—Me tienes sobre ascuas —son las últimas palabras de Alfredo.

Le sustituye su madre. ¿Todo bien, hijo? Todo hipercontrolado, mamer. Dale un beso a papá. Adiós. Y come, que cada día estás más delgado, que no sé cómo vas a acabar, que estás en la edad de crecer y desarrollarte, que luego sólo ensanchas, como tu padre, que mira cómo ha acabado, que parece un Panzer. Sí, mamá. Y era buen mozo, ¿eh?, que las tenía a todas loquitas hasta que llegué yo. Vale, mamer. Besos. Cuelgan.

¿Cada día más delgado? Pero si no le ve. Las madres del planeta Tierra están histéricas, de verdad, habría que repartir gratuitamente tranquilizantes por todo el mundo. En cualquier caso, este fin de semana hay que reconocer que se ha alimentado por debajo del índice de pobreza. Casi ha tomado únicamente leche y yogur. Los árabes pueden subsistir semanas enteras con la leche de sus camellos, y los mongoles, meses con la leche fermentada de sus yeguas. Bien, él no es un árabe, ni un mongol. Debería tomar alguna drástica medida.

A grandes males, grandes remedios.

Alejandro llama por teléfono y encarga una pizza.

Del horno a la maleta del repartidor, de aquí a su casa, de su casa a la boca, de ésta al estómago, y del estómago al trasero, para acabar en el retrete: el complicado proceso de reciclaje no dura más de dos horas. Alejandro está suelto. Nada alarmante, mientras no degenere en una superdiarrea críticoaguda. Hay un problema añadido: el apretón ha sido audaz y traidor, y en los gallumbos ha quedado una mancha marroncilla, localizada en la zona posterior anal, nada preocupante desde una óptica médicohigiénica, pero muy mal vista socialmente. Alejandro se da una ducha, que adicionalmente sirve para refrescarle, y echa el calzoncillo delator en el cesto de la ropa sucia y en-este-caso-más-que-sucia. Entonces cae en la cuenta de quién la lava en la más rabiosa actualidad: Maite. ¿Está dispuesto a que ella vea esa pequeña miseria de origen natural, ese humillante testimonio de su condición mortal? Evidentemente, no. Alejandro recupera el calzoncillo y lo tira directamente a la basura. Se ve que tiene más, y que ése no es de sus favoritos. También se nota que está algo malcriado, pero en fin. Mientras no mate a nadie, pase de vender droga por las esquinas, no caiga en la abyecta bajeza de tocar el culo a un niño de tres años o se abstenga de dar un tirón a una vieja no hay por qué poner el grito en el cielo. Menos mal que se ha acordado de que mañana viene Maite, sólo de pensar en verla *después* de que ella hubiera introducido en la lavadora los gallumbos bautizados de tan innoble manera, Alejandro se pone a transpirar de vergüenza y horror.

¿Menos mal que se ha acordado de que mañana viene Maite? Seamos serios: Alejandro, por mucho que niegue y reniegue, no se la quita de la cabeza, cuenta las horas que faltan para las diez de la mañana del lunes-día-consagrado-a-la-luna, cuando suene la llave en la cerradura, cuando la puerta gire silenciosamente sobre sus goznes recientemente engrasados por Alfredo-el-chapucillas-casero... Y si no, si no ha empezado ya a obsesionarse, a vivir por y para ella, ¿por qué se le ha ocurrido la peregrina idea que está poniendo en práctica ahora? Alejandro está buscando algo en el baño de sus padres, remueve los cosméticos de su mamer y coge un pintalabios. Se planta ante el espejo y comienza a pintarse grotescamente los labios. Después, con unas tijeritas, corta cuatro cigarrillos del paquete que se ha olvidado Javi por culpa de sus desordenadas ansias reproductivas, los enciende, les da unas chupadas, tose como una vieja, pues el tabaco no es lo suyo, y los deja en un cenicero. ¿Además de estar travistiéndose en plan diputado inglés, se va a convertir en un fumador vicioso y tuberculoso?

No.

Sencillamente, Alejandro ha decidido deshacer el camino andado, que la cosa vuelva a tener aspecto de que ha habido una fiesta modernoalucinante. Saca varios vasos de tubo limpios y los mancha con tónica, refrescos y alcohol sobrantes. Luego, se quita la pintura labial, qué asco. Ya está. ¡Ah, desordenar los discos! Coge unos cuantos discos del Plioceno, de cuando sus viejos eran casi jóvenes, de Mari Trini, de Jeanette, de Fórmula V, y los desperdiga por el sofá. Así, cuando venga Maite, tendrá trabajo que hacer, no se irá antes de tiempo y, sobre todo, se imaginará que la fiesta fue una orgía lúdicodesparramada. Y por último, el toque de clase, el detalle que diferencia al aprendiz del profesional: no hay fiesta descontrol en la que no se rompan un par de vasos (la pota, por suerte, ya está, debería darle las gracias a Beni, que le ha ahorrado la desagradable duda metafísica de decidir entre meterse los dedos por la garganta o dejar incompleto el decorado). Alejandro coge otro vaso de tubo y lo deja caer fríamente desde una altura suficiente. El vaso se hace añicos contra el suelo. El inmaduro-adolescente recoge los restos, aunque tiene buen cuidado de que algunos cristalitos brillantes y peligrosos queden a la vista, mudos testigos de la movida nocturna del sábado, prueba falsificada número 3.

Y a continuación, qué desperdicio, vacía unas cuantas botellas de dos litros de refrescos, y varias latas de cerveza que distribuye estratégicamente aquí y allá, todo sea por la causa.

Tras el paripé, Alejandro se percata de que lleva cuarenta y ocho horas pensando en Maite, aunque sin querer reconocérselo a sí mismo. ¿Será que se está enamorando de ella, será que es verdad lo que le ha dicho a su hermano por teléfono? Bah, qué disparate. ¿Cómo se va a enamorar de esa chica tan borde y que para más inri tiene novio? ¿Será por eso por lo que dicen aquello de que el amor es ciego, porque uno se enamora sin darse cuenta, sin verlo? Sí, hombre, y qué más. Que se enamore ella primero, y luego ya hablaremos. Reconfortado por esta decisión —en su inexperiencia, cree que el amor se puede sujetar, aplacar y dirigir—, Alejandro cierra los ojos y se dispone a dormir.

Pobre muchacho: está al borde del abismo y se considera seguro en la llanura, mil flechas vuelan en su dirección y se cree a salvo tras un fuerte parapeto, juraría que pisa tierra firme y desconoce que en cualquier instante el suelo puede ceder fatalmente bajo sus pies, se aferra seguro a un flotador y no advierte que hay un pinchacito por el que a toda velocidad ya está escapando el aire a presión, pffffffffff...

10

No llevan muchos días viéndose, pero ya se ha creado una especie de costumbre, de hermosa rutina, de intemporalidad. Ella siempre llega a las diez en punto, tan aplicada, tan diligente y cumplidora, tan responsable, aunque esté acatarrada por el aire acondicionado de alguna cafetería o haya dormido mal o tenga unas décimas o haya reñido con su chico, y siempre, siempre, él está allí, silencioso, recién duchado y cambiado, oliendo a loción de afeitado, abstraído en las lecturas de esos libros de Etnología y Etnografía, de Geografía e Historia, de exploraciones y descubrimientos y conquistas y costumbres, en la visión de esos grandes atlas con espacios y nombres que impelen a soñar, ella viaja por la ciudad, por el tubo, por las calles de este Madrid aletargado por el calor, y él, viajero inmóvil que conoce medio mundo por los documentales, las fotografías y las lecturas, pero que solamente una vez ha salido de España, vaga con la imaginación por los cinco continentes y los siete mares, trepa por enormes árboles, come cocos y asa lagartos en fuegos encendidos frotando palos, pastorea con los masai, conoce en teoría diversas plantas con las que elaborar remedios o por el contrario mortíferos venenos, asiste a ceremonias de iniciación sin salir de esas cuatro paredes que le tienen cautivo sin haberle cautivado...

—Lo siento, no pude venir el sábado —se disculpa Maite nada más entrar.

—Ya me di cuenta —sonríe Alejandro, sonrisa de circunstancias que él quisiera fresca y flexible, y ha resultado acartonada, o eso le parece a él, un rictus, una ligera tirantez en la comisura de los labios.

—¿Qué tal estuvo?

—Bastante desparrame, ya sabes cómo son estas cosas —Alejandro hombre-de-mundo, desenvuelto, los billetes de cinco mil los reserva para los aparcacoches—, a partir de las cuatro empezaron a protestar los vecinos del cuarto, unas momias egipcias, Nefertiti y Tutankamon, y a las seis vinieron los guindillas —Alejandro el *enroller* tipo Nacho, hiperpatético, la Policía Municipal, los guindillas, anarquizoide-liberal, él no se traga el rollo de la sociedad neocapitalista monopolizante—, y tuve que echar el cierre... Ya se había ido casi todo el mundo, sólo quedaban unos veinte o así, los típicos remolones que no se enteran de cuándo una cosa está finita...

¡Ay! A Maite, ¿qué le sucede?, le hubiera encantado asistir a la fiesta, pero las cosas con su novio atraviesan un momento delicado, ignora si la relación está tocando a su fin o si esos ocho meses van a tener una prórroga, qué mal lo está pasando, y por otra parte, siempre ha pensado que no hay que mezclar el ocio con el trabajo, si hubiese conocido a Alejandro en circunstancias diferentes...

—¿Así que hubo mucha gente?

—Mogollón, sobre todo teniendo en cuenta que estamos en agosto... Unos cien, o así.

—No cabríais —dice Maite, muy impresionada a su pesar.

—Bueno —Alejandro comprende que se está pasando—, pero no a la vez, había bastante renovación, ten en cuenta que algunos desfasados llegaron a las cuatro, cuando algunos del sector muermo se habían retirado ya... La vez que más estuvimos a la vez, seríamos unas setenta sardinas en lata.

—¿Y eso? —Maite señala la alfombra, el manchurrón, la tarjeta de visita de Beni.

—Una pota —dice Alejandro—. La recogí lo mejor que pude —azorado—. Con cien becerros qué se podía esperar —se disculpa.

Maite va a la cocina, ve los cristalitos rotos, se fija en los cigarrillos con carmín de vampiresa y se siente fatal, inexplicablemente está celosa, ¿quiénes serán esas guarras que se echan tantos potingues?, hay que ver qué cantidad de pintura han dejado en los filtros... ¡Seguro que parecían payasas!

Maite se cubre la cara las manos. ¿Qué me está pasando? Como siga así voy a acabar pensando en él noche y día, y a cambio sólo cosecho indiferencia, ¡qué desigual comercio, qué estúpido intercambio!, una heladora cortesía, los otros son más importantes que yo, ¿por qué me invitó? ¡Lisa y llanamente por educación, ya se ve que chicas no le faltan! Pues yo no quiero limosnas sentimentales, si viniera un robot limpiador él no notaría ninguna diferencia (mientras Maite se desespera y se entrega a estos irracionales y desproporcionados pensamientos, ha cogido un producto para limpiar alfombras, va al salón, rocía de espuma la mancha de la alfombra y vuelve a la cocina, sin echar ni una fugaz mirada de reojo a Alejandro, la estatua-de-mármol-que-lee-valiente-monstruo), ay, mujer, no le quieras, no te hagas vanas ilusiones, no sueñes y, sobre todo y muy especialmente, no te engañes a ti misma, no digas tonterías, tú no le quieres, te atrae un poco, nada más, te intriga, por la novedad, porque le ves tan serio, tan delicado, entregado a sus lecturas, a un mundo espiritual misterioso y enigmático, pero eso es todo, atraviesas un mal momento con Lucas, eso es todo, y ahora más que nunca tu corazón y tu mente necesitan reposo, calma, tu corazón no precisa heridas ni sobresaltos, arritmias, tu corazón... ¿Y si se lo entrego? ¿Cuidaría Alejandro bien de él? ¡Yo no quiero que lo lastimen otra vez! ¡Ya estoy sufriendo de mal de amores y ahora deseo tranquilidad y paz! Bueno, con unas gotitas de locura y pasión... ¡Eso que nunca falte! Lo que tienes que hacer, Maite, es pasar olímpicamente de este pijo mimado y consentido, que hace una fiesta para cien personas y le sobran mil bebidas, y mira las marcas de los alcoholes, todas caras, y además, si lo único que hace en todo el día es leer, hombre, que es un atontado y un aburrimiento de hombre, que a ti también te gusta leer pero éste es un enfermo, que todo tiene un límite, mujer. Maite barre el suelo, echa los cigarrillos con la repugnante sobredosis de carmín en la basura, limpia los vasos, hombre, encima, si este anormal, esta especie de cigoto no tiene novia, será por algo, será porque no hay quien le aguante o porque no le da la santísima gana, así que olvídate de él, no existe, es una entelequia, un cero a la izquierda, una imagen holográfica, pasando del poli, qué tonterías son esas de entregar tu corazón a esta especie de cocodrilo africano...

En el cuarto de estar, Alejandro oye recoger a Maite, el corazón le ha dado un vuelco, qué un vuelco, ha dado un triple mortal con tirabuzones cuando la ha visto llegar, a las diez en punto, las diez en punto es una hora mágica, es una hora que tiene música y que llega volando rodeada de pájaros de colores y nadie más en el mundo lo sabe, sólo él, ¿por qué no le gustaré yo, por qué le gusta el imbécil de su novio? ¿Qué tiene ese mamonazo, ese chorlito, que no tenga yo? Alejandro no le conoce ni de oídas, pero ya le llama imbécil y mamonazo y chorlito y cree que tiene toda la razón del mundo y que le asiste todo el derecho del universo, la primera víctima del amor es la objetividad. ¿Por qué no le gusto, cómo tendría que ser yo para que ella se fijara en mí? Pues lo que hay que hacer es pasar como de la mierda, con perdón, no te digo, ni perdón ni nada, castigarla con mi más cruel y estudiada indiferencia, total, ni se va a enterar, y que siga con el tontopolla de su bicho, que le aproveche y coman perdices y se atraganten y sean felices y den vergüenza ajena, y se hagan un vídeo cuando se casen y lo enseñen cada dos por tres para horror pavor de las desprevenidas e inocentes visitas y hagan el más espantoso de los ridículos, y si se casan por la iglesia, pues mejor, que les una Dios y así no haya quien les separe, para siempre de los jamases, a mí que me dejen en paz, al fin y al cabo no fui yo a quien se le ocurrió la brillantísima idea de contratarla tres malditos días a la semana...

Maite vuelve a la sala, Alejandro aparenta no prestarle ninguna atención, ha hecho un superesfuerzo de hiperconcentración para olvidarse de ella y del pisamierdas de su novio, y está interesadísimo en el texto sobre los !kung (qué forma más peculiar de escribir el nombre de una tribu, !kung, Alejandro nunca había visto nada semejante), cazadores recolectores cuyo equipo de caza está constituido por una porra, arco y flechas, éstas emponzoñadas con veneno extraído de larvas e insectos. Usan, además, ganchos para hacer salir las liebres de las madrigueras, trampas para cazar animales pequeños y bolsas de malla tejidas con tendones de animales para transportar diversas pertenencias. El equipo es sencillo, y por consiguiente la habilidad necesaria es enorme. Los cazadores deben ser capaces de identificar un animal por sus huellas...

—Alejandro, bajo a hacer la compra.

...adivinar su edad, hace cuánto pasó, si corría o vagabundeaba, si estaba sano...

Ni le ha oído, qué paciencia hay que tener. Pues ahí se queda, el juerguista, no, si un día cae la bomba atómica en la Cibeles y se enteran antes en Madagascar. Maite sale, muy digna, andando a zancadas.

...o enfermo o herido. Cuando se avista la presa, hay que ser muy astuto para acercarse lo suficiente para estar a tiro. Con esas flechas, sólo pueden morir los antílopes más pequeños, y a la mayoría de los animales hay que seguirlos durante horas, a veces días enteros, hasta que el veneno surte su efecto.

Alejandro levanta la vista del libro, mientras leía ha oído una puerta cerrarse, y ahora, con un retraso de un minuto, su cerebro ha procesado la información recibida en forma de ondas sonoras. Como si fuera un !kung (¿y si le tendiera una trampa a Maite, y si usara un gancho para sacarla de su escondrijo los fines de semana, y si siguiera su rastro por Madrid durante horas, durante días, para ver si el veneno de su amor, las flechas emponzoñadas, surtían efecto?), Alejandro aguza el oído. Nada. Ni el vuelo de una mosca. Por cierto, hace días que no se ve una. Con lo que le entretenía cepillárselas sin dejar de leer. ¿Será que Maite las espanta?

—¿Maite?

Alejandro espera respuesta. ¿Dónde se habrá metido ahora esa calamidad? ¡Esta mujer es como el Guadiana, que aparece y desaparece! Y, también como el Guadiana, ¡qué ojos tiene!

—¿Maite?

Nada. ¡Se ha ido, le ha dejado solo en el mundo! ¿Y si no la vuelve a ver? ¿Y si ha perdido su oportunidad, y si la ha dejado escapar, y si era un ángel que, desdeñado, ha ido a buscar a alguien más amable y receptivo? ¿Y si —Alejandro contiene la respiración, la idea se le aparece en toda su enormidad— es ella la chica de la raja de melón? Inmediatamente rechaza estas disparatadas aberraciones, cómo va a ser ella. Maite le desazona, sí, le pone nervioso: razón de más para pasar. Y además, regresará pronto, habrá bajado por algo. Alejandro retorna a la lectura.

Efectivamente, Maite sube a los pocos minutos, con un par de bolsas. Duda si saludar o no, pero renuncia, para qué, si ese imbécil ni la va a oír, un día cae el diluvio universal y él como si tal cosa, flotando y leyendo un libro, Maite cierra los ojos y puede verlo. Alejandro, a la expectativa, comprueba que la muy idiota no dice ni mu y se mete en la cocina, donde comienza a hacer una paella, será antipática.

La mañana transcurre tranquila y lenta, sin nada reseñable: el viajero inmóvil se ha echado en brazos de su más fiel amante, la lectura, y cuando se despista, finge estar igual de enfrascado. La estudiante espabilada plancha la ropa, pone una lavadora, vuelve a hacer el dormitorio y el baño de los señores, la casa va a quedar como los chorros del oro, se fija en una fotografía en la que Alejandro, en bañador, sonríe a la cámara abrazado a otro chico en bañador, un poco más alto e igual de sonriente. Se parecen, ella ya sabía que tenía un hermano, aunque por supuesto no por él, si fuera un animal no sería un loro, sobre eso no cabe la menor duda.

Maite se acuerda de que ha recogido el correo y hay una postal para Alejandro, que no ha leído a pesar de su curiosidad, ¿será de alguna chica? Va a la cocina, la coge y se la lleva a Alejandro.

—El correo.

—Gracias.

Alejandro coge la postal distraídamente y la lee. Maite se indigna: ¡parece la mujer invisible! Ni la ha mirado al coger la tarjeta, el muy canalla. La postal es de Pachi y de Marcos, sus colegas lobotomizados, están en Jávea, achicharrados y despendolados. Se han hecho amigos de dos holandesas que toman el sol en tetas, por ahora ni rosca, pero no pierden la esperanza, es más, se muestran convencidos de que caerán, pero suena más bien a autosugestión casera para armarse de valor que a sincera convicción, Alejandro apostaría la paga de un mes a que las holandesas acabarán en manos del que saca las hamacas, de un camarero o de un gitanillo golfo y bailaor. Según Pachi están buenísimas, son un 10, pero cualquiera se fía, Pachi pondría un 7 a la mona Chita.

La paella se está haciendo sola, y Maite, que ya ha despachado la colada y la compra, ha barrido y pasado la fregona por toda la casa, y ha recogido los restos de la bacanal que ese sinvergüenza ha organizado el sábado, saca los volúmenes de las estanterías, les quita el polvo con un plumero y pasa un trapo húmedo por las repisas de madera. La indiferencia de Alejandro la exaspera, ¿es que ella no es una persona? ¡Seguro que la miraría de manera bien diferente si se tratara de una de esas pelanduscas pintarrajeadas con las que alterna este intelectual de vía estrecha! Maite, por un instante fuera de sí —los celos absurdos, las ideas descabelladas, el calor que atonta—, golpea intencionadamente con el plumero en una vasija de cristal que reposa en uno de los estantes, y la vasija cae, estruendo y lamento de cristales. ¡Hombre, por fin! ¡Ahora sí! ¡El pánfilo reacciona y se da cuenta de que Maite existe!

Alejandro levanta la vista y observa el destrozo: es el horrible cacharro que le regaló Tina la Espantosina por su cumpleaños, no sabía qué hacer con él, no se decidía a tirarlo, porque le daba cosa con un regalo, y a la vez, estaba deseando que desapareciera de su campo visual *ad eternum*. El cacharro era muy feo, Alejandro no cree que haya otro igual de feo en el universo, con esas orlas geométricas doradas, aparte de que el hecho de que Tina mostrara tanto interés por él, más que alimentar su orgullo, le desmoralizaba, el amor no correspondido de ella le entristecía y le hacía sentirse mal sin razón. Y si a ello añadimos que cumplir años, ignora por qué, es algo que no le colma precisamente de alegría, se comprende la tiña que tenía Alejandro a ese compendio de malas vibraciones.

—Lo siento —se excusa Maite, que está roja como un tomate, sinceramente arrepentida.

—No importa —dice Alejandro jovialmente—, era feísimo elevado al cubo, y perfectamente inútil.

Qué simpático, qué delicado es, piensa Maite, afligidísima por su impulsiva acción, dice eso para que no me agobie. Y qué ruin soy yo...

Qué buena es, piensa Alejandro, qué sensible, se ha puesto colorada, lo está pasando fatal, pobrecilla, qué buen corazón le gobierna.

—Ahora mismo lo recojo.

Maite va a la cocina y retorna con el cepillo y el recogedor. El ruido de los cristales rotos es como un clamor de protesta que Maite no quisiera oír.

—Bueno —dice, quizá para acallar la voz de su conciencia, la acusación de los cristalitos—, ¿y a ti no te gusta la piscina? Nunca vas, ¿no?

—No —dice Alejandro—. ¿Cómo lo sabes?

—Pues porque nunca veo bañadores ni toallas. Y... —Maite vacila un poco, pero se lanza— porque estás bastante blancucho.

Ella está más morena, hay que reconocerlo. Por ese flanco no se puede contraatacar.

—Mejor —dice Alejandro—. El sol da cáncer. Y las piscinas públicas son horribles, llenas de hongos y microbios patógenos y tal, todo el mundo hacinado medio en bolas, chillando y salpicando.

—Pues yo voy en cuanto puedo —replica ella, algo mosqueada.

—Vale, vale, relax —dice Alejandro, guardándose las espaldas, en retirada tipo cangrejo—. Yo no tengo nada contra la gente que va.

—Pues eso —concluye Maite—. Y de la fiesta, qué, ¿no me vas a contar nada?

—No creo que te interese mucho —mete la pata Alejandro el mártir-ridiculín-llorón—, como no quisiste venir...

—¿Tú qué sabes si no quise venir?

—Si hubieras querido, hubieras venido —filosofía neoliberal-barata disfrazada de tolerancia, y en realidad INTRANSIGENTE con mayúsculas, del tipo hazte-a-ti-mismo o cada-uno-tiene-el-lugar-que-se-merece—. Estabas invitada.

Claro, para él todo es tan fácil... Y eso de meterse con las piscinas públicas, claro, como tendrá amiguitos a pares con piscinas privadas... ¿No sabe que lo estoy pasando fatal, que tengo ojeras, que estoy a punto de romper con mi novio? Pero eso, qué le importa, si en esta casa soy un fantasma, un cero a la izquierda planchador y limpiador, si parece que estoy hecha de aire, si no me ve, este merluzo egoísta y clasista al que exclusivamente le interesan los libros, se

70

va a quedar tonto de tanto descifrar signos, querer es poder, si hubieras querido hubieras venido, él qué sabrá, en su piso elegante en su barrio elegante, en-su-torre-de-marfil-en-su-jaula-de-oro, no se le ha pasado por la cabeza preguntar, interesarse por ella, no.

—Puede ser —replica Maite, enojada.

¡Por fin lo ha reconocido! ¿Qué otra razón podía haber? Si esas ojeras que tiene son de juerguearse, seguro, que parece la Guerrera del Antifaz de la mala vida que lleva, hombre, igual hasta pasa las noches con el caratonto de su bicho y no pega ojo por eso, que hay que ver qué desmejorada está, y él constantemente pendiente, so pringado, fingiendo estar leyendo y en realidad con los cinco sentidos puestos en ella, en su insulsa actividad, en su respiración de pajarito enfermo, intentando cerrarse a la evidencia de que ella pasa de él olímpicamente, como si fuera una cáscara de plátano, qué ridículo más espantoso lo de las colillas con el carmín, seguro que ni se ha fijado.

—¿Qué hora es?

—La que pone allí, supongo —Maite señala el reloj de pared comprado en un anticuario. ¿Es que está impaciente por que se vaya y le deje solo?—. Las dos menos diez.

Maite ha ido a la cocina para asegurarse de que la paella no se va a quemar, apaga el horno. Alejandro piensa que tiene que ser amable, al fin y al cabo eso es lo que le pide el cuerpo, aunque la mente le diga que no sea tonto y que no baje la guardia o, dicho de otra manera, que-no-se-baje-los-calzones.

—Maite —dice—. Si ya has acabado y quieres irte antes...

Maite vuelve al salón. Lo que sospechaba, estaba cantado. Quiere quitársela de en medio como sea.

—Pues sí, he acabado y prefiero irme antes.

Y sin despedirse, sale. Pero cuando ya tiene un pie fuera, se vuelve y grita:

—Y si quieres descontarme los diez minutos del sueldo, por mí, encantada —hace una rápida división, las conexiones entre sus neuronas echando chispas—: Son doscientas ocho pesetas.

Y sale definitivamente, sin despedirse.

—Hasta el miércoles —dice Alejandro, en un superpatético postrer intento de demostrar que Maite le cae fenomenal y le tiene mucho aprecio y le mola su forma de ser y todo ese rollo.

Pero el sonido de la puerta al cerrarse es toda la respuesta que obtiene.

¿He hecho algo malo? Rodeado de libros, Alejandro se siente terriblemente solo. Sin ella, la habitación se ha quedado vacía.

Y él, sin Maite, también empieza a sentirse vacío y asquerosamente vulnerable.

11

Sueño con ella cuando estoy despierto, y pienso en ella cuando estoy dormido! ¡Soy víctima de un desarreglo emocional evidente, deberé vigilarlo muy de cerca! Ya no puede ocultárselo por más tiempo: se ha enamorado de Maite. De Maite, que en vasco significa *querida*...

Alejandro ha pasado un lunes por la tarde horroroso, un martes matutino lleno de incertidumbres y tentaciones demoniacas —incordiar telefónicamente a Maite con cualquier excusa, con cualquier pretexto, para mostrarse amable y asequible—, y un martes vespertino espantoso, aliviado por la visita de Javi con su *play-station*, como la llama él. Con su inseparable Javi se ha tirado horas dándose patadas en un ático de Nueva York, golpes bajos, puñetazos, saltando y gritando y dejándose fuera de combate, luego vieron una demo que venía con el juego, pero ninguno tiene diez mil pelas para una nueva adquisición y sus cumpleaños quedan lejos.

Hacia las 9 p.m., los dos colegas se despachan los restos de la paella, el arroz está un poco duro y Javi lo hace notar, el muy mal educado. Alejandro, por el contrario, asegura que le gusta, pero claro, la ha hecho Maite y le recuerda a ella, y ése es un argumento romántico-subjetivo que no puede esgrimir contra Javi. Mientras cenan, charlan sobre la etapa del colegio, ya quemada definitivamente, se hacen viejos a marchas forzadas, ¿cómo será la universidad? ¿Muy diferente o similar? ¿Se seguirán viendo con Jaime, Pachi, Marcos y los demás, o perderán contacto? Uf, se hacen mayores, echarán de menos aquellos tiempos, con sus problemas y sus malos rollos y sus cagadas y sus cuelgues y tal, pero la verdad es que no han estado mal, estos años. Los dos tardoadolescentes se despiden en silencio, un tanto apesadumbrados.

Una vez a solas, Alejandro vuelve a lo suyo, a su monotema estival. ¿Y si esto no es amor? Ella es tan bella y aparentemente adorable que muy bien pudiera tratarse de cualquier otra cosa esto que siento, admiración, superficial disfrute estético-visual, qué sé yo... Pero, si no es amor, ¿por qué tengo el corazón en vilo? Dando vueltas en la cama, Alejandro pasa una noche de martes —día consagrado a Marte, dios de la guerra— infernal, no se la desearía a su peor enemigo, bueno, a Eugenio sí. ¿A qué vino ponerse tan seria, marcharse diez minutos antes y sin despedirse? Y ahora, él no puede conciliar el sueño. Está nervioso, preocupado. Son las doce, medianoche, la hora mágica de las brujas y de los encuentros amorosos y clandestinos. Pero, ¿qué le pasa? ¿A qué viene conceder tanta trascendencia a un asunto tan nimio? ¿Será que, efectivamente, se está enamorando? ¡Pues si eso es el amor, menuda mierda es! ¡Que no venga nunca, que tarde mil años, que se retrase, que cojee eternamente! ¡Él estaba mucho más tranquilo antes y, sobre todo, dormía mucho mejor! Alejandro se levanta, tiene sed, maldito verano, asqueroso calor. Las ventanas del salón están abiertas para que refresque un poco, y se asoma al balcón. Antes, cuando finiquitaba la paella con Javi, era una noche plácida, no corría una gota de viento, las copas de los plátanos que perfilan su calle permanecían inmóviles, y sólo allí abajo había animación. Pero ahora, ésta se ha trasladado al cielo: se ha levantado viento, más bien cálido, los árboles son zarandeados, los viandantes se apresuran. La luz de las farolas, de los comercios, de los anuncios luminosos, impide ver las estrellas, y ahora las nubes se han aliado en esa misión de ocultamiento. Los automóviles van y vienen, en un constante y aparentemente inútil trasiego, frenan ante las órdenes rojas de los semáforos, arrancan cuando se tornan verdes. Alejandro apura el contenido del vaso, se pasa una mano por el pecho y la tripa, para comprobar que está transpirando, el aire le alivia, evapora el sudor y le refresca.

De pronto, una espada de luz, una inspiración, una línea quebrada fugaz y vagamente amarilla, y a los pocos segundos, un rugido celeste, una amenaza de gigante. ¡Rayos y truenos, tormenta sobre Madrid! Alejandro mete dentro el libro de Tintín que estaba sobre la mesa de la terraza, y se dispone a gozar del espectáculo. El bochorno, el calor, la calidez del ambiente, se han resuelto en un concierto de estampidos y descargas de agua, las gotas parecen balas, los truenos disparos, los relámpagos fogonazos. ¡Los ángeles se han convertido en gángsters! Alejandro se asoma a la ventana de su cuarto y deja que el aire penetre hasta lo más recóndito de sus pulmones. Huele a tierra y a agua, huele a limpio y a fresco, a renovación y a fertilidad. Huele, qué cruel sensación, a Maite y a amor.

Alejandro introduce el vaso en el lavaplatos y se echa en su cama, encima de la sábana, porque, aun-

que haya llovido, sigue siendo una bochornosa noche de agosto e incluso una sábana da calor. ¿Le saludará mañana? ¿No le saludará? ¿Debería postrarse
ante ella, inventarse o reconocer una falta que no ha
cometido para poder ser perdonado? ¿Le despreciará
ella, no volverá a mirarle a la cara? ¿Será una pelea
definitiva, una ruptura doblemente triste por produ-
cirse previamente a la unión? Alejandro se come el
tarro, no es consciente de que está haciendo una
montaña de un grano de arena, las filas de libros, el
Risk y el *Stratego*, el tablero de ajedrez con el cajoncito
con las fichas, las figuras de plástico de superhéroes
de cuando era pequeño, el balón de fútbol, los videojuegos, todo eso de nada le sirve ahora.

Quédate donde estás, amor, no avances ni un solo
paso más... ¡No vengas a mí, si me vas a atormentar!

El pobre Alejandro no se duerme pensando en estas cosas, y cuando, por fin, se duerme, lo hace pensando en estas cosas.

12

Maite llega sonriente, la procesión va por dentro. No quiere que se note que lo está pasando mal, no quiere hacerse la víctima, que la compadezcan, es demasiado orgullosa y prefiere transmitir una sensación de fortaleza a recibir muestras de solidaridad o apoyo. Al mal tiempo, buena cara, le dice su padre, y Maite aprecia mucho a su padre, profesor de Literatura jubilado. Alejandro alza la vista, el fósil de pared marca las diez en punto.

—Buenos días, Alejandro.

—Hola, Maite —y Alejandro siente un tonto y dulce placer al pronunciar el nombre de su amada y al oír el suyo en sus labios.

—¿Por qué te levantas tan pronto? —le interroga ella, mientras saca del armario correspondiente el cepillo y el recogedor—. Si yo estuviera de vacaciones, se me pegarían las sábanas hasta las doce, soy muy remolona, más vaga...

Ella está afable. ¡Diríase que también está arrepentida de la minitensión del lunes, que también quiere echar tierra sobre el pequeño incidente: se le cruzaron los cables, está avergonzada! Alejandro explota de júbilo por dentro. ¡El mundo vuelve a girar, nada se ha acabado! ¡La felicidad vuelve a ser posible!

—Qué vas a ser vaga... Seguro que yo soy más vago que tú...

—Por eso no voy a discutir —sonríe Maite, la procesión va por dentro.

Súbitamente, la alegría de Alejandro se desmorona, se esfuma, se desvanece como el humo de una hoguera en una fría y ventosa jornada de invierno, enferma y se debilita... Su alegría ha cogido un resfriado, padece fiebre, hay que cuidarla, tiene que guardar cama, se expone a morir...

Si Maite estuviera de vacaciones, no se levantaría hasta las doce...

¿Significa eso que pasaría de él, que si fuese él quien llegara a las diez ella no se despertaría antes, se ducharía, se arreglaría, para recibirle, para verle aparecer, para no perderse ni un minuto de su presencia y compañía? ¿Significa eso, en resumen, que él la quiere y ella no? Ay, qué zozobra... Ay, Alejandro, no líes las cosas...

Maite ha traído desde su casa una abultada bolsa de plástico.

—¿Qué es eso que llevas?

—Una sorpresa.

Maite saca de la bolsa una vasija idéntica a la que rompió el otro día, y por lo tanto igual de fea. Toma sorpresa, vaya si lo ha sido. Alejandro, en un primer momento, se queda de una pieza: creía haberse librado para siempre de aquel engendro cristalino, pero ahora ve que no es así.

—Qué detalle —dice, y lo dice sinceramente: como detalle, como índice de educación y categoría personal, es muy revelador—. Pero no hacía falta —y también en esto es sincero.

Maite, muy orgullosa, ¡si él supiera la de horas que le ha costado encontrarla, la de comercios que ha tenido que recorrer!, saca la vasija y la coloca sobre la balda en la que estuvo su ilustre predecesora.

—No sabes lo que ha sido dar con ella.

—Te creo —dice Alejandro con cierta sorna.

Pero ya ha empezado a considerarlo desde otra perspectiva: antes le horrorizaba, un obsequio no deseado de Tina la Espantosina al que respondió con unas calabazas, y a partir de ahora le recordará a Maite, y entonces cobrará un significado muy diferente y le alegrará, y la horrorosa vasija se habrá convertido en un precioso y delicado recipiente de cristal de Bohemia, como el sapo transformado en príncipe, milagros del amor. Alejandro mira la vasija, recién colocada en su sitio: ya lo hace con afecto, pronto lo hará con arrobo. Será un objeto al que se asirá la nostalgia, la añoranza de estas mañanas que, ay, inevitable y velozmente pasarán a engrosar las siempre crecientes filas del pasado.

Maite se entrega a sus quehaceres, barre, Alejandro a los suyos, lee. Ambos se observan mutuamente, se espían con disimulo, se vigilan, sus cuerpos están separados pero sus espíritus se buscan para reunirse en secreto, se dedican miradas de reojo, ay, que Alejandro se nos va a quedar bizco, hacen como si se ignoraran, fingen concentrarse en sus respectivas tareas como se concentran por la lupa los rayos de sol en el papel que pronto va a arder, ¡qué grandes actores son!

Y qué idiotas...

Van a conseguir que el otro crea en su falsa indiferencia, de continuar así van a echar por la borda las hermosas y casi ilimitadas posibilidades que, tímidamente, como una flor al atardecer, se abren frente a ellos... Maite tiene una marca en el cuello, un grosero chupetón, producto, seguramente, de un beso apasionado, de un mordisco amoroso e indiscreto, chivato y delator. Alejandro simula no reparar en esa señal que le duele mucho más de lo que le dolería un bastonazo que le produjera similar marca, y justo ahora, pequeñas e irrelevantes coincidencias de la vida, lee que, en ciertas tribus del Sudán, sus integrantes exhibían como único ornamento verdugones que se infligían en brazos, cara y espalda, ¿se habrá *maquillado* para mí, enternecedora sudanesa?, sueña Alejandro, sabedor de que no es así, de que ha sido su novio...

Alejandro pasa la página, su velocidad de lectura ha disminuido alarmantemente en la última semana, antes, aunque dependiendo, por supuesto, de la densidad del libro, del número de líneas, del cuerpo de letra, de la superficie de la página, de su complejidad intelectual, de la existencia o carencia de ilustraciones, etc., etc., la media era aproximadamente de una página por minuto; actualmente, esta media ha caído en picado, un crack que deja en nada el Viernes Negro del 29, gracias si llega a la mitad. Tendré que tomar medidas, piensa Alejandro, y no puede evitar echar una mirada de soslayo a Maite, que está de espaldas, arqueada, atándose el cordón de la zapatilla, turbadora imagen que podría reducir aún más su media lectora, Alejandro-el-bloque-de-granito-que-sólo-piensa-en-leer aparta la vista.

Maite retira con su acostumbrada dulzura los libros para pasar el trapo humedecido y limpiar el polvo, y al inclinarse sobre la mesa, ofrece deliberadamente a la vista de Alejandro el cuello, con su marca escarlata. Él, aparentemente imperturbable, una montaña cuyas entrañas pertenecen a un secreto volcán, se esfuerza ímprobamente —y con escasos resultados— en leer una biografía del conquistador Jiménez de Quesada, pero, más que en los combates cuerpo a cuerpo, en las cargas a caballo, en las lanzas de caña de los indios y las espadas de toledano acero de los españoles, más que en los tesoros y en los peligros, está pensando en el cuello de ella, en su fragancia, en esa piel de pétalo de rosa, está pensando en eso pero no dice nada, y finge prestar una absorta atención al texto, aunque sabe que eso no es más que el canto del cisne, un último y desesperado intento de luchar contra las aguas, de oponerse a su furia, de no dejarse arrastrar por el turbulento remolino que ciegamente hacia las desconocidas profundidades le conduce, su media lectora cada vez más por los suelos, una página cada tres minutos, y gracias.

Maite pasa el trapo lenta y concienzudamente, Alejandro sigue haciendo como que lee y no se pierde ni uno de sus movimientos, ella está bailando y él está soñando, Maite se inclina un poco más de lo imprescindible, se demora un poco más de la cuenta, Alejandro puede oler la fragancia de su cuello, de su cuerpo, la colonia que usa, el perfume que despide, una flor no olería mejor, ay, si se atreviera a tocarla, Alejandro cierra por un momento los párpados y un mínimo estremecimiento le sacude, 0,0000001 en la escala Richter, Maite capta el levísimo temblor, sus sentidos femeninos son un sismógrafo de infinita sensibilidad, y mira de refilón a su enamorado, que abre los ojos y parpadea, ya ha escapado del pequeño trance y nuevamente finge enfrascarse en la lectura.

Un día de éstos, se ilusiona Alejandro, se convence, se infunde ánimos, los ojos atrapados por el mismo párrafo desde hace ya algunos minutos, sin contar la brevísima interrupción aromático-mística, puede que hoy, el sábado y el domingo no, porque libra, quizá el lunes, ¿por qué no un viernes, día consagrado por los romanos a Venus, la diosa del amor?, sí, el próximo viernes estaría muy bien, la mirará a los ojos, y con suavidad cobarde y valiente a un tiempo, con suavidad no exenta de arrojo, le cogerá una mano y le dirá que quiere viajar con ella a una solitaria playa del Egeo, donde las aguas son del color del zafiro, o a un país tropical, donde la humedad y el calor hacen que los cuerpos suden y las ropas se peguen a la piel, o al norte de Europa, al frío, ¿qué tal Rusia, amor? Dicen que San Petersburgo es tan bonito y tan condenadamente romántico...

Pero ella, satisfecha de su pequeña victoria, de ese pequeño temblor, 0,0000001 en la escala Richter, ya se ha separado de él, ya ha limpiado su mesa con una delicadeza que no ha pasado inadvertida a Alejandro-el-que-siempre-está-en-las-nubes, ya está haciendo el baño. Mira, Maite, no te engañes más, razona, mientras friega la bañera. No es el anormal de Lucas el que te importa, que menudo chupetón te ha hecho, como para matarlo. Es Alejandro, y ya empieza a reaccionar... ¿Acaso no cerraba los ojos oliendo tu colonia, acaso al ver la marca de tu cuello no se ha estremecido de celos y de amor? ¡Ánimo, Maite! ¡Has conseguido conmover a una estatua de mármol! Maite, de puro contento, aprieta demasiado fuerte el estropajo, se escurre y se golpea en el codo, mucho ruido y pocas nueces, suena mucho pero apenas duele. Alejandro escucha el codazo que se da Maite contra la pared de la bañera, la casa entera retumba, ay, pobre, se compadece, qué golpe se ha dado, ¿o son los latidos de mi corazón?

Suena el teléfono, y Alejandro cierra el libro. Es Javi, con pretensiones de pasarse por ahí.

—Lo siento —dice Alejandro—, voy a salir. Esta tarde, o mañana...

—¿Qué te pasa por las mañanas, mapache, que estás siempre liado?

—Nada —dice Alejandro—, nada especial. Bueno, que tengo que salir.

Y cuelga. Maite cruza el salón y no se muerde la lengua a tiempo.

—¿Quién era?

Acaba de pronunciar la a y ya le gustaría haberse callado, un día le va a entrar una mosca así de gorda en la boca y se lo tendrá ganado. ¿Será cotilla? ¿Qué le importará a ella? ¿Qué va a pensar él?

Que qué va a pensar él... Él se siente halagado por el interés de ella, lo encuentra de lo más tonificante y prometedor.

—Una chica que estuvo en la fiesta del otro día —desde luego, Alejandro, que antes no mentía, cada vez lo hace con mayor frecuencia y soltura, peligrosa escuela, esta del amor—. Una petarda que está por mí.

—Seguro que tienes muchas detrás —prueba Maite, y aguarda la respuesta con ridículo nerviosismo, desde luego, Maite, estás tonta, hija mía, a ti qué, vas a echar todo por tierra como sigas en plan ansioso.

—Algunas —se hace el interesante Alejandro, menudo fariseo de grueso calibre está hecho—. ¿Y tú? ¿Cuántos corazones has roto? ¿Más de mil?

—¿Te refieres en la última semana?

Ambos ríen.

¡Es la primera vez que ríen juntos!

Algún día hablarán de ese momento, de lo que sintieron al reír y al ver reír al otro, de lo que pensaron, de qué era lo que les hacía gracia, no se pondrán de acuerdo en cuáles fueron las palabras exactas, cada uno las recordará de diferente manera... Pero ahora la risa les dura muy poco: es tan incierto el porvenir...

¿Qué va a pensar de mí?, se asusta Maite. ¿Que soy una casquivana, que el amor es para mí un juego, que convierto en víctimas a mis enamorados, que les digo *ven* y cuando vienen les alejo con un *hasta luego*? ¿Y a qué se refiere con *algunas*? ¿Será de los que se enrolla con varias, pero se niega a entregarse a una?

¿Seré yo el próximo corazón que rompa?, se acongoja Alejandro. Y eso de *algunas*, ¿será buena táctica, o pensará que soy un frívolo y un aprovechado, que no creo en el amor o que no me lo tomo en serio?

Así que dejan de reír.

—¿Qué te piensas, que yo soy como Garbancito, pero dejando un rastro de corazones rotos en vez de garbanzos? Además, ya te dije que tengo novio.

La frase, la alusión al bicho, corta el aire como un hacha cuyo filo se clava en el tronco de un cedro. El tronco se llama columna vertebral, y el cedro es Alejandro. Pero no exageremos, no nos pongamos trágicos ni estupendos, no es la última catástrofe mundial, hagamos como Maite: que la procesión vaya por dentro. Aunque también eso tiene sus inconvenientes, el que vaya por dentro no significa que no exista, sino que no se ve; Maite, al pensar que Alejandro igual es un jeta que pasa de compromisos, se ha ido sulfurando consigo misma, mira que si está pecando de ingenua, mira que no hay peor cosa que cantar victoria antes de tiempo. Alejandro ni se ha enterado de que está atravesando una mala racha. Claro, como es de pedernal... ¡Es un bárbaro, un mameluco! Él, ajeno a ese brote de indignación XX, decidido a refugiarse, a esconderse en su concha, está leyendo ahora un libro sobre la expedición napoleónica a Egipto, precisamente un capítulo dedicado a los mamelucos, la casta que dominaba el país africano... Ricos, educados exclusivamente para la guerra, juzgaban un desprestigio casarse con una egipcia y apenas se reproducían: compraban como esclavos niños blancos en el sur de Rusia, a los que convertían al Islam y educaban para que fueran sus sucesores y herederos. Muchos eran, además, homosexuales. Altos, feroces y valientes, vestidos con llamativos atuendos, constituían la más aguerrida caballería del mundo... Y combatieron no muy lejos de donde estoy ahora, piensa Alejandro, en la Puerta del Sol, y con los ojos cerrados reproduce en su mente el célebre cuadro de Goya... Arrancaban como el rayo y llegaban como el trueno... ¡Así hay que ser también en el amor!, fantasea Alejandro, impermeable a la presencia de Maite... ¡Veloz y contundente!

Pero la realidad vuelve a mostrarse con toda su aplastante crudeza, y cuando ella se despide, Alejandro sólo es capaz de pronunciar una palabra:

—Adiós.

13

Alejandro se va de tiendas, es agosto, han llegado las súper rebajas y hay que aprovechar. No es que *necesite* realmente algo, su vestuario está completo y relativamente renovado, pero a nadie amarga una oportunidad. Aunque ha salido más bien a la caza y captura de un niqui que le mole, que tenga algo especial, no el habitual polo liso tipo Lacoste o Yves Saint Laurent con la marcaza ahí puesta, acaba comprando una chaqueta de lino color crudo en Adolfo Domínguez, y unos calzoncillos con la bandera británica. Lo de los gallumbos lo ha hecho por si se le vuelve a escapar algún churrete, Alejandro acaba de leer en la prensa que los ingleses llaman *pigs* a Portugal, Italia, Grecia y España y está un poco mosca, algo que se acentúa después de leer un libro escrito por un anglosajón en el que se destaca la crueldad de los conquistadores ibéricos, anda que ellos, no te digo, quiénes fueron a hablar de racismo y atrocidades. Así que ya tiene puesta la Union Jack como calzoncillo.

En una tienda, se prueba ante un espejo unas gafas oscuras tipo anuncio de Martini, Alejandro se pasa el índice por el borde de los labios y pone cara de duro interesante, el tío está de lo más fardón, y después de dudarlo se dice que se puede permitir el capricho, al fin y al cabo no está gastando un pavo, y seguro que Alfredo-el-saca-perras está pegando a sus padres un fuerte sablazo cada veinticuatro horas.

También aprovecha la excursión comercial para efectuar una pequeña compra de subsistencia, a saber, kikos, pistachos, palomitas para hacer en el microondas, latas de Fanta y Coca-Cola, Tang de limón, dos birras por si viene Javi y les da por ahí, unos ganchitos y unas banderillas. Luego pasa por el videoclub, devuelve las dos pelis anteriores y pilla *Sin perdón*, de Clint Eastwood dirigido por Clint Eastwood, y una en blanco y negro de Alfred Hitchcock, *Rebeca*, que todavía no ha visto y que según su abuela es hiperbuena (bueno, según ella es *obra maestra*), a ver si es verdad, que con los Tyranosaurus Rex nunca se sabe. Su abuela siempre le sale con la misma canción, que Jean Fontaine llevaba en la película una chaquetilla de las que a partir de entonces empezaron a llamarse *rebecas*. ¿Y quién era Rebeca en la Biblia? Alejandro, gafas vacilonas nadie-sabe-dónde-miro puestas, chaqueta de lino recién arrugada, bolsa con provisiones y dos vídeos, podría resistir un asedio más largo que el de Sebastopol, echa mano de su disco duro y recuerda que Rebeca era la mujer de Abraham, que consiguió, mediante un ardid, que Jacob recibiera la bendición de primogenitura que correspondía a su hermano gemelo, Esaú, una de esas historias bíblicas que nunca ha entendido, porque ponen como bueno al que es el malo, algo así como lo del hijo pródigo, menuda parábola, luego, al llegar a casa, recurrirá a uno de sus libros de consulta, *Diccionario de la Biblia*, para comprobar que no haya metido la gamba.

Alejandro camina con mucho garbo, pavita que se cruza pavita a la que mira, y gracias a las gafas de sol no tiene ni que disimular, buena compra, primero a la cara, y luego a los pechos, y si da tiempo, que lo suele dar, a las piernas y al trasero, no se le escapa ni media, su control visual se acerca al cien por cien, las puntúa sobre la marcha del uno al diez, y adiós, no las volverá a ver, no lloréis, guapas, la vida es así y yo no la inventé, hoy está en plan exigente durillo, Alejandrín, será por la chaqueta cien por cien lino y los cristales oscuros de chico Martini, así que la máxima nota que ha puesto ha sido un siete, a una morenaza-de-quedarse-bizco, a la que cualquier otro, o él mismo, en otra tesitura, hubiera puesto un nueve punto cinco, está que se sale, Alejandrete, y la más baja ha sido un cero coma cero periódico puro a una pobre anciana con chepa, a la que únicamente ha echado un vistazo general, sin molestarse luego en trocearla en plan asesino-en-serie, a ver si el gobierno tiene la feliz idea de lanzar un plan renove para este sector, pobre mujer, parecía un signo de interrogación al que ya nadie se molesta en dar respuestas.

La visita de Javi le saca de su autismo galopante, echan unas partiditas de un nuevo juego, Javi ha logrado ablandar a sus cajeros-automáticos-consanguíneos y ha sacado diez mil pelas, un coche que tiene que esquivar los encontronazos con otros, y luego las habituales peleas barriobajeras a patadas y puñetazos, Javi elige siempre un luchador tártaro de bigotes finos, largos y lacios, y él una chica que está como un tren, ¿será por efecto de haberse pintado no ha mucho los labios, travestismo residual?, y después de múltiples leches de diverso tipo y condición, deciden ver un vídeo, en la tele no ponen nada potable. Como Javi es un paranoico modernizante, en otras palabras, un-analfabeto-audiovisual-en-franco-proceso-de-des-cerebramiento, que tiene alergia al blanco y negro, con lo cual se pierde sin saberlo la mitad del mejor cine que se haya hecho nunca, la opción *Rebeca* ni se plantea, así que se preparan un aperitivo y ven *Sin perdón*. A Alejandro vuelve a gustarle tanto como cuando la vio en cine, y aunque Javi dice que está guay, si Alejandro no la hubiera visto no tendría muy en cuenta su opinión, para él Javi es una especie de cerdo omnívoro —con todos los respetos para su amigo y también para la población de mamíferos domésticos ungulados— que se zamparía a la misma velocidad y con la misma glotonería una delicada tarta de manzana que una manzana semipodrida, ¿acaso no son las películas de enano-cachas-farlopero Van Damme sus favoritas? Y si hablamos de tías, ¿no es Diane Lane la que más le pone? Alejandro ha de reconocer que no es que él fuera a hacer ascos a Diane Lane, tampoco es eso, pero si se la compara con, por ejemplo, una Michelle Pfeiffer...

Después de ver la película, Javi y Alejandro se tiran un buen rato de charleta, la noche avanza y ellos dándole trabajo a la lengua, dale que te pego, soltando sus paridas y sin arreglar el mundo, pero al menos intentando comprenderlo un poco más. Javi le informa de que al final Mario se enrolló con Mara, pero no fue más que eso, un rollo de verano, ambos tienen carta de libertad, Mario no suelta prenda, ergo no finalizó la jugada, sólo se dieron el palo, muerdes y algo de metida de mano, y tal. Comentan un poco por encima el desastre esplendoroso de la fiesta, y Javi, con el tacto que le caracteriza, asevera que de haber estado Alfredo habría salido mucho mejor. Retoman luego el tronco primitivo y original de la conversación, hablan de lo raro que es todo, de la existencia, de dónde venimos y adónde vamos, de cómo empezaría el mundo y de cómo acabará (Javi apuesta por un gran desastre ecológico-nuclear, y Alejandro por una colisión con un cuerpo astral). Los dos coinciden en que la vida, de alguna manera, es un regalo, aunque en ocasiones sea más bien un regalo envenenado (esto último lo afirma Alejandro, y como Javi no se muestra muy de acuerdo, pone ejemplos tipo niños de la rúa brasileños, o los mendigos alcohólicos de cualquier-urbe-incluida-Madrid, o los niños negros infraalimentados con la cara llena de moscas y de úlceras), y que hay que intentar sacarle partido y vivir lo mejor posible, eso sí, sin joder a los demás. La verdad es que no van a aportar nada que no se haya dicho ya hasta la saciedad, no van a descubrir nada nuevo, nada van a alumbrar, las zonas dudosas y oscuras de nuestro eclipse existencial seguirán igual de dudosas y oscuras, pero qué quieren, ni los más sesudos filósofos han logrado explicar gran cosa, y no lo van a hacer ellos, dos muchachos de diecisiete años. Simplemente, hablan, dejan que la noche avance, muestran sus dudas, sus miedos y sus ilusiones, como todo el mundo ha hecho alguna vez, estrechan sus lazos de amistad. Al despedirse, Alejandro dice:

—Hasta más ver.

Y se siente un poco viejo, porque eso sólo se lo oye decir a las personas mayores del barrio.

De Maite, aunque no ha dejado de pensar ni un instante en ella, aunque la tenía bien presente cuando hablaban de las estrellas y el destino mundial y el futuro de la raza humana y-las-probabilidades-de-algún-tipo-de-vida-en-Marte, el astuto y hermético Alejandro no ha dicho ni media palabra.

14

A las 9,30 a.m., Alejandro se ducha con agua casi fría, recomendable costumbre veraniega que revitaliza el cuerpo y facilita la circulación sanguínea.

Según Westermarck hay, a grandes rasgos, una notable ausencia de atracción erótica entre personas que desde la infancia han vivido en la intimidad. Esta aversión se acaba erigiendo en costumbre y ley, prohibiéndose las relaciones sexuales entre parientes cercanos, esto es, el incesto. Alejandro sabe que hay otro motivo más razonable para el casi universal tabú: la posibilidad de engendrar hijos con defectos congénitos aumenta si entre los padres hay una relación sanguínea estrecha. Pero, mientras se ducha, al calculador Alejandro lo que le preocupa es, más bien, si esta especie de rutinaria intimidad que se está estableciendo entre él y Maite afectará a su libido, restará posibilidades a su amor. Estas dudas desaparecen a las diez, cuando aparece Maite. Un fugaz vistazo de Alejandro, un momentáneo desvío óptico del libro que está leyendo, es suficiente.

—Qué hay, Maite.

—Buenos días, Alejandro.

Otra vez el absurdo placer de pronunciar su nombre, de oír el suyo en los labios de ella.

—Oye, hoy te pago. Quince mil, claro. Lo de las doscientas ocho pesetas del lunes fue una tontería de la que no quiero volver a oír hablar.

—Como quieras —dice Maite—. No vamos a discutir por eso.

Maite ha ido a la peluquería. Se ha cortado el pelo, se lo ha teñido de color caoba: típica reacción ante un mal rollo sentimental o ante una crisis de autoconfianza. Maite casi ha roto con su novio, su relación pende de un hilo. Es cierto que falta —o sobra— ese casi, y que el sábado se ha citado en la discoteca a la que suelen ir para hablar (citarse en una discoteca para hablar, con atronadores bafles hiperpotentes, miles de decibelios, peña conocida que se entromete, recogevasos que avanzan a empujones, es una idea de marcianos para cualquier momia de más de veinticinco tacos, pero ellos son jóvenes), mas también lo es que la cosa está torcida y tal vez ya no se enderece. Maite la-insegura-crónica teme estar horrible, haberse infligido una masacre capilar que tardará un par de meses en subsanarse, y necesitaría que alguien distinto de su abuela le dijese que está muy favorecida. Pero Alejandro-siempre-en-Babia no se cosca, apenas la ha mirado, un protocolario saludo es todo lo que ha salido de su boca, no, si por gastar saliva no se va a deshidratar. Maite, la sensibilidad a flor de piel, un pinchazo de rosal le haría llorar, comienza a barrer toda la casa. Si él me regalara rosas, fantasea... Si él tuviera un detalle así, ese viernes —sí, el día de Venus sobre el que a Alejandro gusta soñar— tan negro se volvería azul... Pero él está leyendo un pasaje sobre la batalla de las Pirámides, en el que se relata que los marinos franceses supieron de la victoria al ver des-

cender por el Nilo los cadáveres de cientos de mamelucos, con sus vistosas capas como grandes flores tro-
picales en la superficie del río... Qué hermoso envío
de flores para un almirante, piensa Alejandro, sin que
se le pase por la cabeza que los pensamientos de Maite se encaminan en equivalente dirección...

Maite se desespera y no comprende nada. ¿Por
qué Alejandro es tan frío, no se insinúa, no dice
nada? ¿Es cortito, o qué? ¿Por qué es tan indiferente e
inabordable, si en el metro y en la discoteca los hombres no paran de piropearla, de desearla, de requerir
sus favores con la palabra o la mirada? ¿Es que no es
un varón, género masculino? ¿Acaso fue una alucina-
ción suya el estremecimiento de él? Siempre tan correcto, tan aseado, porque todos los días, al hacer el
baño, encuentra inconfundibles señales de que se ha
duchado esa misma mañana, ¿es que nunca va a diri-
girle la palabra por propia iniciativa más allá de la
cortesía de rigor, o de lo referente a su trabajo o al
sueldo? ¿Y qué le importa a ella su sueldo, por no hablar de la ridiculez de las doscientas ocho calas?
¿Pero es que ese hombre tiene un pozo negro en el
corazón?, se desespera (Maite olvida la invitación a
la fiesta, y por otra parte, claro que le importa el sueldo, lo necesita para matricularse, pero está algo baja
y nerviosa, y sus juicios no son del todo objetivos), y
de la rabia aprieta con excesiva fuerza el Cristasol,
que chorrea por el vidrio, el Nilo Azul recorre el cristal, parece que ha caído una tormenta, la tormenta de
su impotencia, de sus celos, de su exasperación. ¡Es
un monstruo, y no un hombre! ¡Ni siquiera se ha fijado en mi cambio de pelo, en el color caoba! Maite fro-
ta el vidrio con tanta energía que la ventana va a se-
mejar aire, el cristal un trozo de nada trasparente, tan
trasparente y tan nada como el corazón de ese XY. El

viajero inmóvil, mientras tanto, ajeno a todo, se informa de que en Alejandría los almuédanos solían ser ciegos, para que desde sus alturas no sucumbieran a la tentación de curiosear en las casas particulares, ciegos en Alejandría, piensa, la ciudad fundada por mi tocayo el Grande, ciegos como los enamorados, fantasea... Si él supiera, efectivamente, la muestra de ceguera enamorada que está dando...

Los segundos esprintan, los minutos corren, las horas avanzan desnudas, el tiempo se escapa. A la una y cuarto Maite, con un tono neutro, procurando no trasmitir ninguna emoción, incapaz de contenerse más, dice:

—¿No me notas rara?

Alejandro, que durante toda la mañana ha estado en tensión, al loro, levanta la vista del libro, lleva media hora atascado en el mismo párrafo, su famosa media lectora de página por minuto es ya sólo un recuerdo, quiere hablar con ella y no se decide:

—Yo me siento raro —dice—. Me siento como si estuviera en la base de la pirámide ecológica, ¿entiendes?

Esto sí que es jevi, piensa Maite, ¡qué paciencia hay que tener, Dios mío! Maite, incapaz de ser amable cien por cien, se queda en un setenta y cinco, que no está nada mal, dadas las circunstancias, y hace una mueca.

—Decía que si no notas algo raro en *mí*.

Desde hace un rato el perspicaz Alejandro está pensando en jugársela, preguntarle si se ha hecho algo en el pelo, lo tiene un poco más corto —no lo juraría, pero cree que sí— y más rojizo, esto último casi lo juraría, pero ha metido a menudo la pata en el tema peluquería femenina, no es lo que se dice un zorro en lo que a asuntos capilares, de moda o de cosmética XX se refiera; sin embargo, ya que Maite le ha proporcionado una pista, ve las puertas abiertas y decide lanzarse en plancha.

—Sí, te lo has teñido un poco, ¿no?

¡Pero qué listo es! ¡Bingo! ¡Maite debería llamar a la Sociedad Protectora de Animales, se ha colado un lince en la casa!

Como ella le mira como si él fuera un extraterrestre o un androide y ella una *blade runner* a punto de hacer uso de su pistola lanzarrayos ultrasónica o simplemente de balas corrientes y molientes, el valiente Alejandro llega aún más lejos:

—Y el pelo te lo has cortado un dedito o dos, ¿no? Mola, estás muy guapa.

El pobre Alejandro hubiera esperado cualquier cosa, incluso que un hombre-araña reventapisos irrumpiera en ese preciso instante en el salón rompiendo la ventana de una patada, incluso que un vendedor a domicilio se empeñara en venderle unas compresas, incluso que le llamara por teléfono Claudia Schiffer debido a una adorable equivocación, cualquier cosa antes que la airada reacción de Maite.

—¡Punto primero! —a Maite se le hincha una venita del cuello cuando se enfada, ay, qué encantadora se pone la muy canalla—. Me molesta que me halaguen, porque pienso que el que lo hace es un hipócrita. ¡Punto segundo! ¿Pero tú quién eres? ¿Es que no te fijas en los demás, los demás no existen para ti? ¿Qué tal se vive en tu torre de marfil? ¡Punto tercero! ¿No sabes que allá afuera hay gente real, hay problemas, hay gente que sufre y que está enferma o no llega a fin de mes? ¡Punto cuarto! ¿Sabes que hay hambre en el mundo? ¿Sabes qué es una ONG?

En vez de arredrarse, contraatacar, ponerse en fuga, disculparse o echarse a reír, reacción cualquiera de ellas bastante comprensible, Alejandro ha abierto los ojos hasta que casi le tiran los párpados, y lleno de admiración, embelesado y arrebolado, aguanta el chorreo con una sonrisa que dice muy poco en favor de su coeficiente intelectual, cualquiera diría si le observara ahora que tiene un encefalograma plano tipo renacuajo.

¡Maldita sea, qué guapa se pone cuando se enfada, qué bella cuando le riñe! Él, pese a su escasa experiencia, sabe que no hay mujer sobre la arrugada faz de la tierra a la que no agrade el halago, y sin embargo, esa forma de rebelarse, tan espontánea e impulsiva, le parece indicio de carácter y sensatez, de estar alerta y no rendirse al primer merluzo lechuguino que regale sus oídos. ¡Dios Santo, qué hermosa es, que no lo soporto! ¿Se confirman mis peores sospechas, me estoy enamorando sin ton ni son? ¿Empezaré a cometer locuras dentro de poco? ¿Perderé el miedo al ridículo, robaré el bolso a una vieja para invitar a cenar a una joven? ¿Venderé mi casa en ausencia de mis padres para comprarle a ella un brillante de princesa? ¿Haré una alfombra de nomeolvides desde su portal hasta el mío? Y ya puestos, reflexiona el sátiro Álex, con unas cuantas flores más, ¿qué tal si la hago desde su portal hasta la puerta de mi dormitorio? ¡Ay, mira que si me vuelvo loco de amor y esta mujer me sale de las malvadas y me convierte en el hazmerreír del barrio y el hazmellorar de la familia!

Maite, alucinada al no obtener respuesta, lo único que ha hecho Alejandro en lugar de defenderse es poner cara de alelado, debe de ser una táctica tipo Gandhi, la no violencia y el buen rollo y la mejilla abofeteada y tal, cierra el grifo de su indignación. Ambos se quedan enfrentados, sin saber qué decir. Desarmada por el silencio y el pacifismo de su oponente, por su falta de agresividad y su renuncia a la defensa, es por fin Maite quien vuelve a hablar.

—Perdona, es que estoy mal con mi novio, ya sé que no es disculpa, pero...

Entonces Maite se abre un poco y explica que el fin de semana pasado vino a Madrid una amiga suya...

—... y todo el rato haciéndole caso a ella, sin hablar conmigo, y vamos a una discoteca y yo bailando con un tío amigo de él que se nos había pegado, y sola, y él con mi amiga, pendientísimo. Y luego varios días igual, hasta fue al cine un día con mi amiga, que yo dije que no salía porque me dolía la cabeza. Y anteayer la acompañamos a la estación de autobuses, y le digo que le dejo, y se me echa a llorar...

Alejandro, acostumbrado a pensar en sus cosas poniendo cara de que escucha, hay que defenderse de la peña siempre tan dispuesta a soltar sus rollos, se da cuenta de que con Maite está escuchando y poniendo cara de pensar en sus cosas, es consciente de que lo que ella le dice le importa mucho, muchísimo, mucho más, por ejemplo, que el que los franceses midieran la altura de la columna de Pompeyo en Alejandría mediante una cometa atada con dos cuerdas...

—Y me dice que me quiere a mí, pero que Lourdes es muy guapa y que era ella la que se le echaba encima...

Alejandro el justiciero se está indignando por momentos, para él, nadie puede ser más guapo que Maite, y menudo morro, ni un oso hormiguero, argumentar que es la amiga la que se echa encima, como si uno no pudiera escoger quién se le acopla...

—Pues déjale, mándale a freír espárragos...

Alejandro se da cuenta de que es parte interesada,

que quiere y desea y pretende y anhela que ella dé calabazas a su novio, pero, simultáneamente, es el consejo que prestaría a cualquiera, lo ve claro como el agua que bebemos y como el aire que respiramos o al menos deberíamos respirar, él nunca juzgaría a ninguna chica más guapa que a Maite, ella Helena y él Paris, y de pronto, un pensamiento terrorífico, porque es una certidumbre y tiene la categoría de lo innegable y consumado, le acosa, le asalta, le invade y conquista, derriba el portón de la fortaleza, escala sus murallas, pasará a cuchillo a la población que aún oponga resistencia: ya se ha enamorado, ya no hay ningún género de dudas, ni la más mínima posibilidad de hallarse confundido, de que se trate de un capricho, la pobre tortuguita, con su casa a cuestas, su dura concha para proteger su tierno corazón, ha llegado por fin, puede que lo haya hecho hace días, el desdichado Alejandro toma conciencia de la situación y maldice su suerte, ay, qué pérfidas son las tortuguitas y cuánto corren, en realidad.

—No es tan fácil —dice Maite—. He quedado con él en el Bangalore.

Se trata de una discoteca, Alejandro la conoce, ha ido algunas veces por allí, aunque nunca en verano.

—¿Cuándo?

—Esta noche, a las once.

—Déjale —repite Alejo el viejo

—No es tan fácil —repite Maite, y se da la vuelta, melancólica.

—Yo sí sé qué es una ONG —salta Alejandro—. He donado libros a una.

Maite se vuelve. Dicho por otra persona, bueno. Pero para Alejandro donar libros debe de representar un enorme sacrificio, o al menos, ser algo muy significativo.

—¿Sí? ¿A cuál?

—Libros para el Mundo —contesta Alejandro, orgulloso—. Tenían una caseta en la Feria del Libro, y les di algunos de mis favoritos.

Vaya, así que el-viajero-inútil es también solidario, toma chasco y toma subida de puntos.

—¿Cuáles? —se interesa Maite.

—*El americano impasible*, *El guardián entre el centeno* y *Trenes rigurosamente vigilados*. ¿Los has leído?

—El de Salinger y el de Graham Greene sí. El otro no, ¿de quién es?

—De un checoslovaco —contesta Alejandro—, Hrabal. Bueno, ahora es sólo checo. Era —vuelve a corregirse—. Si te gustaron los otros, éste también te gustará. Aunque no tienen nada que ver.

En su clase nadie ha leído ninguno de esos libros, la verdad es que Alejandro está sorprendido. No es que vaya a enamorarse más de ella por eso, claro que no, pero le congratula que a ella también le guste leer, y no cualquier cosa.

—¿Y tú? —inquiere Alejandro.

—Estoy leyendo *Homo faber*, ¿lo conoces?

—No —admite Alejandro.

—Es de Max Frisch. Si quieres te lo presto cuando lo acabe.

—Vale —dice Alejandro—. Préstamelo. Pero me refería a que si tú colaboras con alguna ONG.

—Sí —responde Maite—. Pero aquí, una que se dedica a ayudar a ancianos y minusválidos y gente con problemas. Voy dos sábados al mes a hacerles compañía. Por las mañanas.

Conque ella, además de currar, de estudiar y de tener novio, todavía saca tiempo para leer y para cuidar de gente necesitada dos sábados al mes, menudo mirlo blanco. Y Alejandro tiene que admitir que donar unos libros no tiene ni punto de comparación con lo de sacrificar dos sábados al mes.

Después de esta conversación, después de saltarse el protocolo tan descaradamente, los dos adolescentes retornan a sus tareas. Maite, volviendo al plano afectivo-personal, está desconcertada. El interés de Alejandro por que abandone a su novio, ¿será porque ella le gusta? Maite está ilusionada. Y sin embargo, ¿no se muestra siempre frío, inasequible, impersonal? Maite no entiende nada, sólo sabe que se siente atraída por Alejandro, y que ha dicho la verdad a medias: su novio hizo mucho caso a Lourdes, sí, pero en parte fue porque últimamente ella pasa millas de él. ¿Y por qué? Pues porque últimamente piensa demasiado en otro XY, Alejandro es su nombre... Maite quiere verle fuera de la casa, por eso ha especificado la hora y el lugar de la cita con Lucas, como una loca y una irresponsable, Dios mío, en qué lío se está metiendo, y por si Alejandro no acude, cosa más que probable, ¿cómo va a ir, para meterse en medio de la movida?, decide *olvidar* al marcharse el carné de identidad y el abono de transportes de la Comunidad de Madrid.

Son las dos, hora de cerrar. Maite mira intensamente a Alejandro, su mirada muda habla como una bandada de cotorras, vas a tener que hacer algo pronto si quieres algo de mí, que una mujer no tiene toda la vida para esperar, que el amor es para los diecisiete y no para los setenta y siete, tienes que hacer algo, ¿no ves cómo te atravieso con los dardos de mi mirada?

Pero no, Alejandro-el-solidario-que-regala-libros no ve nada, Alejandro oye y ve pero no quiere o no sabe o no puede ver y oír, teme entusiasmarse, pues entonces más dura será la caída, Alejandro está sordo y

ciego porque es cobarde y no las tiene todas consigo...

—Hasta el lunes.

—Hasta el lunes. —Y justo antes de que ella salga—: Que te vaya bien con tu novio.

Alejandro el hipócrita.

15

La poliandria sólo se encuentra entre algunos grupos de la India y el Tíbet, y entre los esquimales. Parece debida a la pobreza y a la escasez de mujeres, de tal modo que únicamente puede adquirirse una joven como esposa si se comparte con más hermanos. Alejandro, desde luego, no está por la labor de compartir a Maite con Alfredo ni con nadie: tampoco con su novio. Soplan, pues, buenos vientos: Maite está a punto de romper con el memo de su lapa (aunque no le ha visto en su vida, Alejandro ya le califica de memo, tirapedos, baboso, violento y otras cuantas lindezas, en ocasiones contradictorias, que preferimos obviar). Alejandro conoce la cifra horaria y las coordenadas del futuro encuentro de su amada y el bicho, pero no lo ve nada claro: ¿ir, no ir? ¿Enredar? ¿Luchar por su futuro, o dejar que los acontecimientos sigan su curso y decidan por él? En otras palabras: ¿remontar el río o permitir que le arrastre la corriente? Otra opción sería iniciar una guerra de guerrillas. ¿Quemar, aprovechando su ausencia, la casa del pichacaída, emulando el incendio por Alejandro Magno del palacio de Jerjes en Persépolis? La idea, aparte de peregrina en grado sumo, es impracticable, pues Alejandro ignora dónde vive el sujeto en cuestión, y quemar Madrid entero, como Nerón prendió Roma, parece, además de un exceso atroz, tarea de un emperador. Son las diez, un hombre de acción estaría ya en camino, Alejandro tiene una sopa de letras corriendo por sus venas en lugar de sangre.

Pero no apostemos nada, podríamos perder. Una súbita resolución, un relámpago, y el hombre-contemplación se puede trasmutar en el hombre-acción, azote de novios en la cuerda floja.

¡Yo aquí con los brazos cruzados, mientras ella se divierte en la discoteca y el rufián de su novio pugna por rescatarla, recuperarla...! ¡Pues no! Santa Rita, Rita, Rita, lo que se pierde no se rescata, o como se diga. Impulsado por un secreto resorte, la presión arterial al máximo, el superhéroe Alejandro se levanta de la cómoda butaca en la que estaba repantigado, lanza el libro al aire y se pone en movimiento.

¿Doctor Jekyll convertido en Mr. Hyde?

Una ducha ultrarrápida, concentrándose en las zonas más necesitadas de una higiene regular, un telefonazo a Javi, el grupo de operaciones especiales puede necesitar el apoyo de la infantería de choque, chaqueta de lino y gafas ahumadas de castigador, esta noche vamos a amortizar la inversión, y ya tenemos a los dos colegas entrando en la macrodiscoteca Bangalore, previo pago de una entrada con derecho a consumición.

Para ser agosto no está mal, hay bastante fauna aquí y allá, de lo más ecléctica, eclecticismo que aumenta con la entrada triunfal de Alejandro-Adolfo Domínguez-Martini y Javi-gorrita-pastillera-alternativa, hay que ver cómo se ha puesto para el evento, Alejandro le mira de reojo y no puede evitar sentir algo lejanamente emparentado con la admiración, está que se sale, Javi, con unas bermudas fosforescentes, una camiseta progre-ecológica que pide clemencia para las tortugas *do Brasil,* y una gorra puesta del revés, con una calavera y la leyenda *Fock you* en la parte delantera —ahora trasera— y *Nacido para desparramar* en la trasera —ahora delantera—, de dónde la habrá sacado, el figurini. Un rápido vistazo panorámico y el cazador-recolector Alejandro certifica que Maite aún no ha llegado, cosa normal si tenemos en cuenta que se han adelantado y todavía no son las once. Javi el desparramador le agarra de un brazo y le conduce detenido a una de las barras, donde una leona mutante con las garras pintadas de rojo-sangre-de-cebra y verde-serpiente-pitón-esmeralda sirve copas a destajo con rugidos Metro-Goldwyn-Mayer apagados por el bombardeo sonoro, están refugiados en un sótano y los nacionales lanzan sus bombas sobre la capital, los reflectores de luz buscan los aviones enemigos en medio del estruendo, los carrozas de veinticinco tacos en adelante con-un-pie-ya-en-la-tumba dicen que es un chunda-chunda asesino, pero es que no distinguen, esto es un jungle-tecno-demoledor que lo flipas.

—A mí el rollo que me va últimamente es el house regresivo, y no esta mierda —dice, o más bien grita Javi, el albóndiga en remojo.

Alejandro hace una seña Martini a la camarera-vigilante-de-la-barra, que responde con otra, indicativa de que ya les ha fichado, pero está ocupada poniendo una batería de seis copas, así que os esperáis, barbilampiños niñatos que-tenéis-que-venir-antes-de-las-once-porque-las-copas-son-más-baratas, está bastante buena, la verdad, y viste una camiseta apretada que hace que resalten sus formas y especialmente la parte central eréctil y más prominente de los pechos o tetas, por donde los futuros hijos chuparán la leche, o sea, el pezón, en docta y académica definición. Al final es Desparramator quien consigue que les atienda, el muy fantasma se pone de puntillas y se hincha como un pavo, por el mero y constatable hecho de que ha sido a él a quien se ha acercado la loba de rizos, la leona mutante de veintipico años que está hasta las narices de los yogurines de papá.

—¿Has visto, Alejo? —chilla Javi—. ¡Tiene el pezón como el timbre de un castillo!

Lo dicho, Desparramator está inmenso, ha bebido la primera copa igualito que si acabara de atravesar el desierto de Kalahari, y ya está reclamando de nuevo la atención de la camarera perdonavidas. Javi siempre está asfixiado en cuestión pelas, y a la hora de pagar las deudas se vuelve medio sordo y amnésico perdido, pero hay que reconocer que es un buen colega y normalmente se porta, cuando uno se halla en apuros echa una mano, y si uno está de bajón intenta animarle y subirle el ego, no siempre lo consigue, claro, porque posee menos tacto que un escarabajo pelotero, pero eso no es culpa suya, tiene buena intención y es buena gente y con eso vale, así que Alejandro el espléndido se deja gorronear la segunda copa sin problemas, además, es la hora feliz y salen casi a mitad de precio, no es que él sea un millonetis, pero sus padres le dan una paga semanal que alcanza para algunas cosillas, nada de lujos asiáticos ni despilfarros epatantes ni caprichos excéntricos, tipo quinientas pelas de propina al acomodador o champán-para-esa-dama-sírvanselo-en-su-propio-zapato-aunque-se-resista-ya-le-regalaremos-doscientos-pares, pero si uno se administra bien se lo puede montar aceptablemente, y para los libros siempre consigue algún extra, porque sus viejos ven bien eso de comprar papel impreso y encuadernado. Lo malo de Javi cuando bebe dos copas seguidas es que se acelera y se vuelve de un cariñoso y karmático que apesta cien por cien, se pone a hablar con el sufrido Alejandro como si quisiera comerle la oreja, y claro, Alejandro por ahí no pasa, le propinaría un codazo en los riñones con mucho gusto, si no fuera porque los matones de seguridad les podrían sacar del megagarito de malos modos, y Alejandro no quiere que eso suceda, hoy es el día D y ya han pasado unos minutos de la hora H.

¿La hora H? De pronto, Alex el avispado localiza a Maite, la dama de sus desvelos y de sus sueños, está hablando con un tiparraco con camiseta sin mangas, brazos tatuados, pantalones maquiajustados, botas punteras, reflejos verdes y rojos en su pelo hortera y, lo más cantoso de todo, una especie de collar con pinchos alrededor del cuello, Alejandro el conquistador sufre un ligero mareo, si ése es su rival más le valdría a él ser un mirmillón, menudas pintas, y él que se burlaba interiormente de Javi Desparramator. Realmente, si ese engendro pospunki ha gustado alguna vez a Maite, como sin duda así ha sido, ¿qué posibilidades tiene Alejandro, el estudiante-modelo-gris-aburrido? Alejandro aparta a Javi, que está desaforado, y se concentra en Maite y en su lapa o ex lapa, depende, hace falta información de última hora. Igual llevan allí un rato, no sería del todo extraño que Alejandro el sabueso hubiera visto a Maite sin reconocerla, a su casa siempre va muy correcta, bien, pero sin pasarse, modosita, tipo mosquita-muerta-ésas-son-las-peores, y ahora luce un traje negro que deja la espalda al aire, parece una pantera... ¡Ese vestido que a ella va a provocarle un resfriado va a producirle a él

una calentura! Es posible que no haya sido reconocido por las gafas de sol. Alejandro se las quita, y comprueba, ayudado por un flas de una luz psicodélico-
giratoria, que el vestido negro de su amada es en
realidad morado, y que todo es un par de tonos más
claros de lo que él habría jurado y rejurado sobre la
Biblia y-que-se-mueran-mis-padres-si-lo-que-digo-no-
es-cierto.

—Es guapísima, ¿eh? ¡La del maloso con collar de
perro!

Otra vez Javi el desatado le come la oreja, Alejandro le empuja, pero Javi vuelve a la carga, tiene un
sensor para las tías buenas en alguna parte, qué casti-
go y qué cruz.

—No la conocerás por casualidad, ¿verdad?

Alejandro niega con la cabeza, si Javi supiera que
esa chicabond va tres mañanas a la semana a limpiar
a su casa se caería de espaldas, si supiera que la conoce, que está allí exclusivamente por ella, que por primera vez arde de amor, se consume, es un incendio y
un volcán, Álex-la-antorcha-humana.

—¡Échale huevos y entra!

—No —dice Alejandro—. Cuando el tío ese se vaya
a echar un meo.

—Así no vas a ninguna parte, especie de eunuco
acomplejado, voy yo —chilla Javi el intrépido, está
desconocido, normalmente no se atreve ni a preguntar la hora por la calle a un jubilado y ahora está dispuesto a lanzarse como un bólido, Alejandro tiene
que sujetarle, este merluzo va a estropearlo todo, maldita la hora en que se le ocurrió sacarlo a que le diera
el aire.

—Dedícate a la vigilante de la barra —sugiere
Alejandro—, no para de mirarte —y para asegurarse
la tregua, dos billetes—: Toma, pide dos copas más.

—¿Me mira? ¿De verdad que me mira todo el rato? —Javi está entusiasmado, ha mordido el anzuelo, el muy pringado, menudo tragasables—. ¿Cómo le entro? ¿Le digo lo del timbre del castillo?

—¿Qué?

—¡Lo de los pistachos!

—Sí —dice Alejandro, a quien en ese instante le gustaría que Javi estuviera a cien millas náuticas de allí o en la estación Mir, sin posibilidad de regresar a la Tierra en una temporada—. Seguro que eso le gusta.

Alejandro se aleja, no quiere ni verlo, sólo de imaginarse a su amigo albóndiga en remojo diciendo semejante barbaridad a la leona rizada le acometen unos sudores fríos que ni las fiebres palúdicas, las circunstancias deciden por él, esta noche puede ser gloriosa, el ex bicho ha dejado franco el camino, y Alejo el viejo avanza como un submarino propulsado atómicamente, decidido al abordaje pirata, envalentonado por el brebaje ingerido. Alejandro saluda a Maite, o al menos lo intenta, es un manojo de nervios, mueve la boca y no le sale ningún sonido, pero la música está tan alta que Maite cree no haberle oído por eso, se ha alegrado al verle y le ha plantado dos besos en las mejillas, Alejandro al principio se ha quedado de piedra, más inmóvil que uno de los colosos de la Isla de Pascua y con una cara parecida, menos expresivo y parece recién sacado del Museo de Cera, el capullo, pero pronto reacciona y corresponde al segundo beso con otro igualmente cariñoso, dos a uno, ya me concederás la revancha.

—¿Qué tal? —chilla Alejandro—. ¿Es tu novio o tu ex novio?

—Aún es mi novio —vocifera Maite—, pero cuando salga por esa puerta —Maite señala la salida, tras las escaleras— ya será mi ex novio.

Y le sonríe, caray, qué guapa está, parece una extraterrestre neumática, el láser de la macrodiscoteca hace que sus dientes sean blanquísimos y que sus ojos deslumbren como si llevara lentillas de colores, ay, no quiero ni verla, que no lo soporto.

—Mala la música, ¿verdad? —grita Alejandro, la música le parece una puta mierda y se la juega, algo hay que decir, los silencios en las conversaciones pueden ser mortales, puede parecer que uno es medio retrasado o que no hay nada en común.

—Sí —chilla Maite—, a mí también me mola, yo vengo aquí por la música. Mejor vete, que viene. Pero vuelve...

Alejandro se acoda en la barra más próxima y se cala sus gafas vacilonas, una retirada a tiempo es una victoria, aunque también a-enemigo-que-huye-puente-de-plata, y tal. El punki alternativo se reúne con la mujer doblemente amada, están a tres metros de él. Alejandro el antropólogo intenta adivinar por sus gestos y movimientos labiales qué narices estarán diciendo, el tonto del culo ese tiene pinta de ser ultraviolento y de desahogar sus frustraciones en el gimnasio, qué pena que a Alejandro no le salgan esos bíceps por pasar páginas de libros. Aun así, miedo no le da ninguno, le estrangularía, le rebanaría el pescuezo, si no fuera por ese collar de pinchos que lleva, ni que fuera un perro de presa. Alejandro piensa que tiene que atacar (a Maite, se entiende, al otro ni por la espalda), que tiene que hacer algo fuerte, una demostración emotivo-sentimental a saco, no perder la oportunidad, si el bicho vuelve a irse él tiene que actuar, así es la lucha por la vida, lo ha visto en numerosos documentales zoológicos y los humanos no vamos a ser menos, lo mejor sería un piropo a quemarropa, pero, ¿qué tipo de piropo? ¿Qué tal, ya que estamos, uno zoológico? Tienes un cuello de cisne y una elegancia de gacela sahariana, no, demasiado redicho y artificial. ¿Futurista? Eres trescientos centones más neumática que cualquier forma de vida al este de las Puertas de Flashgarden, no, incomprensible, y a lo mejor se cree que Flashgarden es una discoteca hortera y no la, pongamos por caso, frontera con la quinta dimensión. ¿Arcaizante, por el contrario? Cosa tan fermosa non vi en la discoteca... Sería de vergüenza ajena y propia, lamentable. ¿Rumboso? Lo tuyo es andar y lo demás pisar la calle, no, le acusarían de plagio y además no están en la calle. ¿Hortícola? Tienes dos pechos como dos melones de la huerta murciana... Demasiado zafio, algo así le estará berreando Desparramator a la de la barra, antes de que los de seguridad le pongan una camisa de fuerza y le corran a gorrazos por todo el macroantro. ¿Críptico-misterioso? En Maracaibo, a la hora señalada, esperé hasta que tu recuerdo se posó tres veces en mí en forma de mariposa azul y plateada... No, demasiado críptico-misterioso, ni siquiera él lo entiende. ¿Matemático? Si Y fuera tu belleza y n tu simpatía, Y elevado a la enésima potencia tendría un valor igual a infinito... Qué rebuscado y poco natural, se desespera en la barra Alejandro el bisoño, mientras Maite habla o discute con el erizo-encefalograma-plano que cuando entró por aquella puerta era su novio y cuando salga será su ex, palabra de mujer. ¿Ecológico-castizo? Respiras CO_2 y expulsas ozono, ¡olé tus pulmones! ¿Frutícola?, me gustaría comer todos los días de mi vida una macedonia hecha con tus labios de fresa, tu piel de melocotón, tus piernas como plátanos, la almendra de tus ojos, las cerezas de tus... Alejandro está al borde del síncope y del colapso cardiaco, ya no sabe ni lo que piensa, se marea, suda tanto que parece el lago Tana, donde nace el Nilo Azul, las luces de la discoteca dan vueltas, giran y amenazan con alborotar su sentido del equilibrio, esto de los piropos está degenerando, está cayendo a niveles abisales, las conexiones entre sus neuronas deben de estar averiadas, gracias a Dios que los pensamientos no los oye nadie más que quien los formula, no puedo permitir que se reconcilien delante de mis propias narices, no puedo ser tan cobarde, tengo que tomar el sendero de la guerra para que ella, como la india sioux, oiga que mi nombre ha hecho algo valeroso, tengo que actuar aunque mañana me arrepienta y grite tierra trágame, pirañas del mundo entero, venid y devoradme y que no queden ni las calcificaciones óseas. En ese dramático instante de crisis de autoconfianza y recarga de baterías, el punki-esperpento-perro-dogo suelta su presa y se va al baño, la ocasión la pintan calva, Alejandro se acuerda del empuje juvenil y el valor demoniaco de su ilustre tocayo el macedonio y avanza hacia Maite, buscando desesperadamente alguna frase en su peripatético repertorio, ¿futbolístico?, tienes unas piernas que ni Ronaldo...

Maite, que está pasando una nochecita de espanto, Lucas no quiere entender lo que ella le está diciendo por activa y por pasiva, ve ahora, primero contenta y luego horrorizada, que Alejandro se le acerca dando tumbos, con un vaso vacío que hacía unos instantes —también en la discoteca Maite ejercita su célebre mirada de soslayo— estaba casi lleno y una expresión de psicópata marciano, blanco como la cera, Maite piensa que al pobre le va a dar algo. Alejandro se detiene a su lado, y sin ningún tipo de preámbulo o adorno berrea lo último que le ha venido a la cabeza:

—¡Tienes unas piernas que ni Ronaldo!

—¿Qué dices? —grita Maite, intentando sobreponerse al estruendo tecno-machacón de la discoteca—. ¿Que te va a dar algo?

Efectivamente, parece que a Alejandro le va a dar algo, se mueve como un orangután, tiene el rostro desencajado y el sudor le hace brillar como una moneda recién acuñada, los ojos fuera de las órbitas sujetos por algún muelle.

—¡Que tienes unas piernas que ni Ronaldo! —vuelve a berrear Alejandro el pregonero, su garganta se va a resentir, sus cuerdas vocales le fallarán mañana, afonía móvil, como una vez le sucedió a Pavarotti, menos mal que él no vive del canto, al contrario que la reputada croqueta sonora.

—¡Pues sal a que te dé el aire! —grita Maite, preocupada—. ¿Quieres que te pida una aspirina?

—¡No! —se desgañita Alejandro, el pobre parece recién salido de una trepanación chapucera, patético—. ¡Tus piernas!

¿Qué dice ahora de que estoy enferma?, se sorprende Maite, ¿tan mal aspecto tengo?

—¡No! —Maite hace gestos para tranquilizarle—. ¡Estoy bien, no estoy enferma!

Alejandro se aproxima más, parece Javi con cuatro copas y el karma subido, pega sus labios al pabellón auditivo de Maite, se entretiene un poco más de lo estrictamente necesario y de lo políticamente correcto, a Maite le gustan las cosquillitas, pero se separa unos centímetros, está agobiada, mira que si llega Lucas en ese momento y decide hacer una demostración de su agresividad de macho de gimnasio, Alejandro-teniente-de-la-Brigada-Ligera vuelve a la carga y le roza la oreja mínimamente con los labios, ella vuelve a separarse.

—Te decía —ataca nuevamente, inasequible al ridículo, el sable desenvainado, el cuchillo entre los dientes— que estás como un yogur hecho por los mongoles.

Maite se queda de una pieza y suelta lo primero que le viene a la cabeza.

—Apuesto a que eso se lo dices a todas las chicas...

Maite se gira, pero inmediatamente duda, ha sido una paridola de campeonato lo del yogur, de acuerdo, pero un corte así desmoralizaría a cualquiera y más a Alejandro, con lo parado que es, que casi le da un síncope del esfuerzo, Lucas tarda en volver, bah, seguro que se ha cruzado con alguna chochona de las que le gustan a él y se ha entretenido, y luego, cuando regrese, volverá a llorarle, asqueroso hipócrita, Maite se da la vuelta, Alejandro es su hombre, el azul es su color.

—Quiero decir que ha sido muy caballeroso —grita, y ahora también junta su boca con el oído de Alejandro el kamikaze, ay, qué cosquillitas—, pero un poco fuera de lugar, ¿no?

—¡La caballerosidad está casi siempre fuera de lugar! —vocifera Alejandro, muy serio, y ya con un aspecto menos lamentable que hace apenas un minuto.

Maite se separa bruscamente de él. No nos enfademos: tiene motivo de sobra, acaba de hacer acto de presencia Lucas, el maloso con tatuajes de calavera y escorpión, ¿en qué estaría pensando la tonta de Maite cuando se enamoró de semejante espejismo-punki-retroactivo? ¿Enamorada? ¡Bah! Eso son palabras mayores, se sintió atraída y va que chuta, especula Alejandro, por eso va a dejarle ahora, aquí, el abandono en directo y yo con entrada de Tribuna Superior Baja, ocho meses no son amor, cuando la tortuguita llega con su caparazón a cuestas y su andar cansino y reumático, la travesía del desierto, agotada, necesitada

113

de reponer fuerzas, se queda mucho más tiempo, si no no valdría la pena tan largo viaje.

Afortunadamente, Lucas mechón-verde-y-rojo no ha reparado en Alejandro, sería una pelea de lo más desagradable, especialmente para Alejandro, ponen ahora una canción machacona y tremenda, difícil calificar semejante pasada tamaño extra-familiar... ¿Retrohouse funky regresivo? Pero la peña se enrolla y se lanza a menear el esqueleto, todo ese mejunje de jóvenes voy-a-la-moda-voy-como-me-da-la-gana, disfrazados, unos con pulseras, otros con anillos en las orejas, la nariz, el ombligo, los labios, a Alejandro le da grima tanto taladro, los pelos teñidos de colores, bermudas y camisetas holgadas, melenas, tatuajes, cabezas afeitadas, todo-vale-menos-calcetos-blancos-y-mi-imagen-es-la-que-más-mola, la música sacude las entrañas, pasa a través de la piel y la carne y las vísceras y los huesos, bestial, Alejandro titubea, busca a Javi con la mirada, está atornillado a la barra de la leona bolinga perdido, bailando sin despegarse de allí como un enfermo poseído por un demonio tecno-ambient-chunda-chunda y sin quitar ojo de la fiera transgénica de melena rizada, por un momento Alejandro se siente extraño, turista sin pasaporte ni dinero, desplazado, fuera de lugar y de tiempo, muy distinto de los colegas de su generación, que quieren hacerse los mayores, pero a la vez los molones y los enrollados, los adolescentes-transgresores-rompedores-no-corrompidos-por-la-sociedad, claro que tampoco son mejores las momias que quieren dárselas de jóvenes, los maduros y enrollados de-vuelta-de-todo-pero-os-comprendo-yo-también-fui-joven-y-fumé-porros-y-aún-soy-joven, hiperpatéticos, Alejandro el bicho raro no sabe qué hacer, a su alrededor todo es movimiento frenético y caos y él se ha quedado quieto, estático, Maite se mueve en el planeta-dance como pez en el agua, y ese planeta tiene para el pobre Álex un potencial masivo explosivo que está a punto de dejarle fuera de combate, sencillamente.

Alejandro pide una copa, da unos sorbitos y observa a Maite y a Lucas, la extraña pareja, ella con la gracia de un estilizado delfín y él con la de un pez-erizo, el pavo se menea como una termo-mix con los tornillos sueltos, presa de un ataque epiléptico-dance, rebosa energía y ritmos puramente frenéticos, fijo que está empastillado o ennarizado, el menda, y él, Romeo, no sabe qué carta jugar para recabar la atención de su amada, su Julieta, su hermosa adolescente de diecisiete primaveras y corazón limpio por-la-que-yo-me-mataría-si-fuera-preciso-y-robaría-un-coche.

Alejandro se termina la copa. El doctor Jekyll transformado en Mr. Hyde.

Alejandro el reciclado se lanza al ruedo en plan espontáneo-suicida-es-mi-última-oportunidad, justo en el momento en el que suenan los primeros acordes de un verdadero bombazo tecno-ambient cantadito, simplemente bestial, euforia electrizante y desparramante, Alejandro se mueve espasmódicamente a medio metro de un altavoz, le va a dar un infarto de tanto acelere compulsivo, adelgazaría si no fuera porque ya está muy delgado, la música provoca un terremoto en sus entrañas, ¡es como el amor pero a lo salvaje! Alejandro se acerca a su amor parasitado según la conocida técnica cazadora de la espiral, describe círculos concéntricos alrededor de Maite y por desgracia de Lucas, falsamente concéntricos y falsamente círculos, pues en realidad ya he dicho que es una espiral, Alejandro Hyde está cada vez más cerca de su desprevenida presa, por su mente febril y distorsionada cruza la disparatada idea de propinar un golpe en la nuca a su odiado rival-que-ha-hecho-sufrir-a-la-dama-de-sus-sueños-y-de-sus-días, el famoso golpe del conejo que dejaría fuera de combate a ese adefesio residual galáctico-futurista, y que quedaría disimulado como un acto reflejo de su enloquecido baile de molinillo sicópata fuera de control que está causando expectación, media pista está observando su exhibición de fiebre de viernes noche con los ojos como platos, y justo cuando Alejandro se apresta a asestar el traicionero golpe termina la canción, mejor para él, a saber cómo hubiera acabado la cosa, unidades móviles, sirenas y sangre a chorros y tal. Hay un tufo generalizado, un frescor salvaje del Caribe, además de un ruido infernal y un continuo flasear de luces que cegarían a un felino, pero la juventud baila sísmicamente-palabra-inencontrable-en-el-DRAE-pero-a-Alejandro-se-la-refanfinfla, y ya sabemos que Maite se mueve en el planeta-dance como pez en el agua, Alejandro está a medio metro de ella, que no ha parado de alucinar viendo sus evoluciones de bailarín autista en trance, y por fin, aprovechando que Lucas está despistado, mirando a una go-go toda sudada subida a un bafle y que se contorsiona como una culebra epiléptica, se decide, misión especial informativa, no utilizar la violencia más que en caso de extrema necesidad.

—¿Le has dejado ya? —chilla Alejandro, eso es, muchacho, directo al grano, en el amor no hay tiempo que perder.

—¡Sí! ¡Definitivamente!

El movimiento afirmativo de la cabeza de Maite lanza a Alejandro a la velocidad de la luz hacia los espacios siderales, no existe la ley de la gravedad, sólo la de la felicidad, el universo gira y los satélites y los planetas y las estrellas son de mil colores, ahora han pinchado un llenapistas fiestero a tope, con un explosivo cóctel de beat latino, loops vocales y pianos a la salsa, unas remezclas de a-l-u-c-i-n-e, Alejandro el cosmonauta pega brincos hiperespaciales de alegría, salta poseído por un terremoto de felicidad, Maite está libre, Maite está desencadenada, Maite es una hermosa doncella y él su más fiel servidor, y para Alejandro eso sólo quiere decir una cosa, quiere decir que España va bien.

—¡España va bien! —chilla Alejandro el poseído, pero nadie le escucha, su berrido se pierde en el barullo general.

Con los pulgares extendidos hacia arriba, gesto eufórico esquizoide dirigido a su enamorada, a su Melibea de diecisiete años y corazón puro, de escaso pasado —¡aunque ellos se crean que es mucho!— y pleno porvenir —¡aunque ellos alberguen tantos miedos e incertidumbres—, la misión informativa se ha saldado con un éxito, Alejo el cangrejo, al borde del cortocircuito, retrocede hasta alcanzar la barra de su amigo.

—Préstame cuatro mil —le espeta Javi, nada de hola, qué tal, no, directamente préstame cuatro talegos, si la basca no se corta.

Pero Alejandro, feliz, aunque sabe muy bien que es a fondo perdido y que eso de *préstame* es sólo pura retórica, suavizante Woolite, menos mal que aún le quedaban cuatro billetes, los últimos, se los entrega a su viejo colega sin pensárselo dos veces y sin dejar de mirar a su amada, ay, tortuguita, qué simpática me caes.

—¿Qué tal, Álex? —después de liquidar su deuda con la ponecopas, lo primero es lo primero, y le da una palmadita en el hombro.

—¡España va bien! —grita Alejandro el eufórico.

—¿Qué dices, Alejo?

Pero Alejandro ya no le escucha, Maite y su ex se alejan hacia la salida, suben los primeros peldaños.

Alejandro con los ojos desorbitados.

A mitad de la escalera su enamorada se da la vuelta y parece buscarle con la mirada para despedirse, escalofriante escena. Alejandro, con el corazón en un puño, alza la mano, pero Maite no le ve y reanuda la ascensión. Alejandro chafado. Pero atención, lo peor está por venir: en el penúltimo escalón, las siluetas negras de su amada y el parásito a contraluz, Alejandro presencia cómo su enemigo agarra a Maite, la atrae hacia sí y la besa en la boca, hiperescalofriante escena. Ella no le ha impedido que la bese, aunque ahora se suelte enérgicamente y desaparezcan.

Un poema de tristeza y abandono en la cara de Alejandro.

—Has estado inmenso, Alejo —le dice Javi, con voz pastosa y los ojos rojos, la gorra torcida, la visera en la oreja, el *Fock you* convertido en una rendición más que en un desafío insultante, el *Nacido para desparramar* más patético que nunca, las pobres *tartarugas marinhas do Brasil* ahogadas en el alcoholazo trasegado—. ¡Qué bailes te has marcado! ¡Has estado inconmensurable! —y tartajea al pronunciar la palabrita, inconmesjuroncomensrable, le cuesta más que un parto sin la epidural, en su estado etílico-comatoso ya podría haber elegido cualquier otra.

Y encima, Alejandro no le escucha.

Tanto esfuerzo del fiel Javi para nada.

Y tampoco escucha la música étnica tecno-funk electrónica aliñada con hip-hop y jazz que suena ahora, ha hecho su entrada triunfal un pincha scratcheador embutido en un mono de atleta marcapaquetes, un disc-jockey artista, un verdadero-tirano-de-la-pista, una estrella de los platos que se cree lo más, la juventud baila y-yo-soy-un-creador, Javi mira con cara de beodo a la camarera.

¿Y Alejandro?

Alejandro más hundido que el *Titanic*.

16

Sábado por la mañana, 1,30 p.m. Alejandro el artrítico arrastra las bolsas de la compra.

Madrid es una ciudad que agoniza y boquea, y él es uno de sus habitantes, pez en la tripa de la barca que ha caído en las redes de la existencia. La vieja chocha del 5º o el anormal ejecutivo-gominoso del 4º ha vuelto a dejarse el ascensor con la puerta mal cerrada, como si lo estuviera viendo Alejandro el mulo-con-alforjas. Todo son sombras, todo le duele y todo le pesa: los treinta y nueve escalones de hoy son muchos más que los treinta y nueve escalones de la víspera, los cinco kilos de patatas pesan mucho más que los cinco kilos de patatas de hace una semana. No es la resaca, bandera roja en su cabeza, es otra cosa, es una astenia sentimental y reumática, le duelen los brazos, las piernas, la espalda y el cacas. No es el garrafón del viernes noche, no son los baileteos desenfrenados, no son las agujetas, el dolor muscular. Es sobre todo un peso moral lo que le atenaza, un bajón psicológico lo que le agarrota, una depresión anímica lo que hace que se desplace como en cámara lenta, es principalmente la humillación de haber visto binocularmente a su rival besar a su chica en la escalera de la discoteca, Alejandro el orgulloso, y encima seguro que con lengua, Alejandro el celoso psicópata, con esa lengua que tiene de cazar insectos tipo salamanquesa, Alejandro parece un alma en pena, sus movimientos ralentizados, Alejandro más hundido que el *Titanic*.

La catástrofe del *Challenger* le parece poca cosa, en comparación.

Suena el teléfono. Menos mal que Javi está al pie del cañón.

—Dentro de una hora corren los 1.500, ¿los vemos juntos?

Javi el incombustible.

—Vale.

Es la gran carrera, los duelos de Ovett y Coe, el relevo de Cram, pasaron a la historia, y con ellos los mediofondistas británicos. Es la hora seca y dura de los magrebíes y los españoles. Auita, el primero, es ya una vieja. Cacho se enfrenta en Atenas al marroquí El Guerrouj y al argelino Morcelli. El argelino, el rey, tiene el récord del mundo, el marroquí, el más joven, la mejor marca del año, pero el español es el que atesora mejor historial olímpico: oro en Barcelona y plata en Atlanta. El soriano corre mirando constantemente a derecha e izquierda, parece un metrónomo, a Alejandro le pone un poco nervioso, pero él y Javi quieren que gane. Los dos amigos se sientan ante el televisor, con un cuenco repleto de palomitas y unos refrescos con hielo. Las griegas cada vez están más buenas, por lo menos las que llevan las bandejas con las medallas, convienen los dos XY en fase prematrimonial. Después de ver a algunas macizas detectadas por el sátiro realizador, a algunos saltadores larguiruchos y a algunos espectadores lo suficientemente oligofrénicos como para saludarse a sí mismos cuando salen en los videomarcadores, empieza la prueba. Inmediatamente se corta la retransmisión, y ponen un anuncio de una mierda de marca deportiva.

—¡Cabrones! —grita Alejandro.

—¡Cómo se pasan! —se escandaliza Javi, y de la rabia le sale una palomita por la boca.

Pero a los veinte segundos se restablece la conexión. El Guerrouj protagoniza un ataque largo y terrorífico, va a ganar a no ser que se hunda al final, Morcelli va segundo y Cacho tercero, pero Cacho aprieta, adelanta en la recta al argelino, aunque no puede con el marroquí, y en la misma línea de meta, ya traspasada por Cacho y El Guerrouj, salta la sorpresa: el segundo español en la carrera, Estévez, rebasa a Morcelli, plata y bronce para los españoles.

—Cómo corremos —se pavonea Javi, con su culo gordo hundido entre almohadones—. Parecemos galgos, ¿que no?

Tras sopesar las distintas opciones, llaman a un telechino. Alejandro, en previsión de lo que pueda suceder, se pone el gallumbo con la bandera británica. Devoran el arroz tres delicias, cerdo agridulce, cuatro rollitos de primavera y la ternera con salsa picante, y beben varios vasos de agua, resacosos. Esta vez Javi paga su mitad, aunque del dinero de las copas de ayer, ni media palabra, claro. Pero con eso ya contaba Alejandro el generoso. La única mención que hace al asunto es para quejarse de la calidad metílica de los brebajes servidos por la leona-neumática-que-le-dio-vilmente-calabazas. No es que Javi sea un Adonis precisamente, pero al menos, vestido de una forma normal, sin la gorrita tremebunda y sin la cogorza de campeonato, da el pego, parece un ser humano aprovechable por la sociedad.

Y Alejandro agradece que ya no le coma la oreja.

Después de la pitanza se quedan tumbados en el sofá, viendo *Tesis*. Aunque ya la han visto en el cine, a los dos les mola la peli del tarado asesino sádico que hace grabaciones snuff y el tarado atraído por el mundo gore y lo siniestro pero que no es el malo, y la chica estudiosa por medio, de buena familia y tal. Cuando acaba, con gran sentimiento, Javi se va. Tiene que echar codos, como no apruebe en septiembre sus cajeros-automáticos le capan, así, como suena, asegura con aire fúnebre. Ha sacado un 3,4 en selectividad, mejor nota que el empollón de Alejandro, a quien ese tema irrita sobremanera, como ya sabemos, así que lo corta por lo sano y se despide de su mejor amigo.

17

Otra vez más-solo-que-la-una, una intimidatoria tarde-noche sabatina se presenta ante Alejandro. Para distraerse leerá, suponiendo que en las actuales circunstancias anímicas y vitales sea capaz de ello. Riiing, riiiiiiing. El timbrazo telefónico hace que Alejandro cruce el salón. Será su madre, fijo. O Claudia Schiffer, que se ha equivocado adorablemente.

—¿Sí?

—Hola.

A Alejandro casi se le cae el teléfono.

Se queda callado.

—Soy Maite.

—Ya.

Alejandro el ahorrador de palabras.

Si hubiera que hacer un ajuste económico y apretar las tuercas a los funcionarios y los trabajadores, el gobierno ya sabe a quién podría llamar.

Una voz suave como el terciopelo, o al menos así le parece a él, explica a Alejandro que su dueña se ha olvidado en su casa el abono de transportes y el carné de identidad, y que los necesita sin falta.

—Así que te llamo para pedirte un favor.

—Ya —dice Alejandro.

Un pez bobo podría dar réplicas más interesantes que las suyas.

—Que quedemos en algún sitio y me los traigas. Creo que están en la cómoda del cuarto de tus padres.

Al menos allí los dejé, piensa Maite.

Alejandro encantado de la vida.

—Claro —articula—. Cuando quieras, como quieras, donde quieras —en plan galán peliculero.

—¿Te parece a mitad de camino?

—Es justo —dice Alejandro, y casi le sale *y necesario*, sin querer.

Si le hubiera dicho que en la cara oculta de luna, a las ocho, en el *Mare Marginis*, también habría dicho que sí.

—Pues... ¿En la plaza de Chueca, dentro de tres cuartos de hora?

¡Sí! ¡Sí! ¡Sí!

—Vale —dice Alejandro—. Si es tan urgente...

—Lo es —afirma Maite. Y piensa: ¿acaso no lo son los asuntos del corazón? Y luego, porque no se decide a cortar—: ¿Ése con el que estabas, era tu amigo?

—Lo sigue siendo —dice Alejandro el imbécil.

—Parecía majo.

La verdad es que el albóndiga en remojo Javi no es que sea el ideal para Maite, pero si es colega de Alejandro está predispuesta a mirarle con buenos ojos, y además, Maite ha aprendido hace ya un par de años o así que para no llevarse un chasco es mejor no juzgar a las personas por el aspecto externo, y fijarse más en lo que hacen que en lo que dicen.

—Es un poco cantoso y tarado —dice Alejandro—. Pero me cae bien.

Breve e incómodo silencio que rompe Maite.

—Entonces, en tres cuartos de hora, en la plaza de Chueca, ¿vale?

—Vale.

Maite cuelga antes que Alejandro y antes de que Alejandro pueda oír su débil suspiro, y corre a cambiarse y a arreglarse.

Alejandro cuelga el teléfono con exagerado respeto, como si se tratara de un objeto sagrado.

¡Una cita con ella! ¡Verla fuera de casa, fuera de servicio!

¿Significa que ella está interesada en él? ¿Significa que el mundo es hermoso, que vale la pena existir y que la vida es bella, que la tortuguita llega al galope, que la felicidad se puede respirar?

¡Significa!

Alejandro alucinando en colores.

18

Si él llega tarde, será por problemas de tráfico; si ella lo hace, será porque no se ve guapa a la primera. Entendámoslo: es una mujer, metámonos en su mente femenina. Frente al espejo, horrorizada, Maite nota que la blusa le tira de la cintura: ¡ha engordado dos kilos en dos meses! ¡Y eso, con preocupaciones! Pero... ¡Pero si tiene unas pistoleras que ni Calamity Jane!

Las XX siempre quieren salir lo más guapas posible: se lo exigen los XY, se lo exige la sociedad. Se lo exigen ellas mismas. Eso crea inseguridad. Cualquier XX, por guapa que sea, sabe lo que es sentirse fea y desmejorada, peor que otra: un simple granito basta. Maite se cambia, no se decide, se mira, se encuentra gorda. ¡Los XY son tan superficiales e idiotas, le dan tanta importancia a eso! ¡Y nosotras somos tan débiles y tontas, les damos tanta importancia a ellos! ¿Qué me quedará mejor, este pantalón demasiado apretado, esa camiseta ceñida? ¿Qué fue de mis costillas? Cuanto más me esperan, más me valoran, piensa Maite, inconscientemente. El XY preferirá llegar puntual casi de cualquier manera, la XX preferirá llegar tarde, pero lo más atractiva posible... ¡Mundos opuestos y complementarios!

Por fin, cinco minutos antes de la hora fijada para la cita, Maite abandona corriendo su casa. Ahora vienen las prisas, los agobios. Aunque proliferen las calles cortadas por obras, hay muy poco tráfico, y como el tiempo apremia, Maite hace una excepción y para un taxi. Paralelamente, Alejandro, que ha salido antes y ha hecho otra excepción, está en el metro. Lleva en las manos el DNI y el abono de transportes de la Comunidad de Madrid de su amada. Alejandro lee y relee su nombre, sus apellidos, Navarro García, la fecha y el lugar de su nacimiento... Alejandro no aparta sus ojos sedientos de las dos pequeñas fotografías, Maite está muy bien en una, ha salido clavadita, y mucho más fea de lo que es en la otra. Cuando está guapa, la foto le hace justicia, y en la que está fea, de ninguna manera: Alejandro es el juez.

Y la objetividad es la primera víctima del amor.

La foto en la que Maite está guapa despierta en Alejandro admiración y ganas de pasearla y casarse con ella, una forma de amor. La foto en la que está regular, ternura, y ganas de protegerla y abrazarla, otra forma de amor: Alejandro embelesado, más enamorado que Joseph Cotten en *El tercer hombre*.

Como casi nunca viaja en metro, pues el colegio estaba a cinco minutos andando de su casa, y cuando sale va caminando o le lleva Alfredo, y para volver suele traerle alguien o pillarse un pesetas, porque el metro cierra a la una, a Alejandro le extraña, pero imagina que no será tan extraño, la cantidad de homosexuales, de ambiguos-nada-ambiguos y de drag-queens que copan los vagones, una proporción totalmente chocante que ha ido aumentando de manera considerable según se acerca a su destino.

¿Qué le diré —piensa mientras tanto Maite— para justificar la urgencia con la que necesito mis carnés? Nada. Solamente que ayer dejé a Lucas, que lloró y suplicó y se humilló y me amenazó y yo me mantuve firme. Que sea él quien se declare, si me quiere, yo ya he tenido movida para toda la semana.

¿Qué le diré una vez le haya entregado los documentos?, reflexiona Alejandro. ¿Que se tome una caña conmigo y se quede un poco más, que no se vaya todavía, que sus manos son guantes de seda y sus ojos piedras de zafiro? ¿Que quiero y espero y muero y desespero? ¿Qué hay que decir en estas situaciones? ¡Es todo tan nuevo!

Sí, es cierto... ¡Su amor parece tan recién comprado, tan brillante y reluciente!

Maite paga el taxi, renuncia a las vueltas, tiene prisa y su corazón es un caballo de carreras, los enamorados repartiendo dinero por Madrid. Alejandro corre taquicárdico hacia la salida, ni que le persiguiera el demonio echando espumarajos de azufre por su asquerosa boca.

Pronto van a coincidir en el centro de la plaza de Chueca. Ahí los tenemos, Maite sobre la faz de la tierra transformada por el hombre, Alejandro todavía cinco metros por debajo, por los intestinos horadados por las hormiguitas humanas. Apenas ciento cincuenta metros les separan.

¡Qué contenta va ella, qué contento va él!

19

Qué demonios es esto? ¡Desastre y adversidad! La mala fortuna se ceba en ellos, dioses que os mofáis de los hombres, ¿cómo os podéis permitir tan refinada crueldad? En nuestro destino sopla un viento helador y negro, los pájaros han dejado de cantar, las plantas se agostan, las flores languidecen, se desmayan y marchitan. ¿Cómo urdís esto en la primera cita de un muchacho y una muchacha de diecisiete años que se aman tierna y locamente y que aún no han tenido la oportunidad o el valor de confesarse su amor? La plaza de Chueca y sus alrededores es un hervidero abigarrado y alegre, afectado y provocador, miles de personas, mujeres en cuerpos de hombre y hombres en cuerpos de mujer, homosexuales y lesbianas con pancartas se manifiestan para reivindicar el orgullo gay, sus derechos, su libertad rosa, gritan consignas, se abrazan, buen rollo karmático a tope.

—¡Los homosexuales, somos los normales!

La plaza entera corea la consigna, Alejandro se agobia, hay muchísima basca, demasiada, no va a encontrar a Maite, no tanta, claro, como cuando la manifestación contra la repugnante mafia etarra, cuando asesinaron a Miguel Ángel Blanco, el joven Álex asistió con la mitad de su clase y nunca olvidará lo que sintió rodeado de tanta gente pacífica pero decidida, ese día creyó más que nunca en la tolerancia y en la convivencia, y ahora, aunque no un millón y medio, sí puede haber diez mil personas, suficientes o más que de sobra para no encontrar a su amada, Alejandro alucinando, desesperado, abriéndose paso entre los manifestantes, él no ha venido a luchar contra los elementos...

—¡Los niños con los niños, las niñas con las niñas, los niños con los niños, las niñas con las niñas...!

Los manifestantes cantan, se ríen, bromean, Alejandro busca a su amada, Maite busca a su amado, están fuera de lugar, están fuera de sitio, es el momento equivocado el día equivocado, ¿dónde estará ella?, se pregunta él, ¿dónde estará él?, se pregunta ella, la festiva multitud les impide verse, encontrarse, es el bosque que no deja ver los árboles, les arrastra en direcciones no queridas, a Alejandro le da una palmada amistosa en los glúteos un musculitos supermoreno de camiseta sin mangas apretada y pendiente en la oreja, Alejandro se vuelve molesto y el otro le enseña la lengua, treinta metros más allá, fuera de su campo visual, una chica con el pelo corto ha cogido a Maite con su mano libre, en la otra sostiene un vaso de plástico lleno de sangría, la atrae hacia sí con evidentes y cariñosas intenciones, Maite se suelta, bueno, bueno, dice la chica, no te pongas así, guapa, Maite se aleja, ay, qué pena, es un dédalo de carne y difícilmente van a encontrarse, es una fiesta alegre y desinhibida y ellos se han colado por equivocación, si les viéramos justo ahora en la pantalla de un ordenador, Maite un punto rojo, Alejandro un punto azul, sería como en *Alien*, cuando el monstruo se acerca al oficial jefe de la nave *Nostradamo,* y la tripulación lo presencia angustiada e impotente, pero al revés, porque ahora el puntito azul y el puntito rojo se están separando, quieren verse, tocarse, hablarse, encontrarse, y se están separando...

—¡A las ocho en punto, con alguien me junto!

Faltan cinco minutos para tan señalada hora, hace calor, la multitud está apretada, aún pega el sol, rodeado de lesbianas, de ambiguos-más-claros-que-el-agua, de maricas, de locas, de reinonas y divinas, de travestis y travelos, de bocas pintadas exageradamente, de tetas operadas, de piernas depiladas, de taconazos y de mallas, de rímel y de pestañas postizas, de personas que se abrazan, preferente o casi exclusivamente del mismo sexo, de músculos de gimnasio, de sudor y colorete, de pelos cortos y melenas lacias, de pelucones y pulseras, de mechones azules y naranjas, de disfraces galácticos y estrambóticos, Alejandro, desesperado, busca su lugar bajo el sol, al lado de su amada...

—¡Hombre, mira a quién tenemos aquí!... Ya sabía yo que tú eras uno de los nuestros, disimulón... Que eres un disimulón...

La voz de su interlocutor le resulta familiar, aunque ahora destila un tono meloso que no es el habitual, Alejandro se vuelve y se encuentra frente a frente con su antiguo profesor de gimnasia, un tío de unos treinta años, en buena forma física y que trae locas a varias tontitas del colegio, viste una camiseta remera naranja que resalta sus músculos y unos pantalones en los que no cabría un pañuelo o las llaves de su apartamento de cotizado soltero.

—Hola —tartamudea Alejandro, que se ha ruborizado en cuestión de segundos—. No es lo que parece...

—No, si ya —dice su ex profesor mascando chicle—. Si aquí nada es lo que parece... Disimulón...

Alejandro huye, si tuviera una bengala la lanzaría para señalar su posición, si pudiera gritar estoy aquí y abrigara la más mínima posibilidad de que Maite le oyera gritaría con todas sus fuerzas, si tuviera una cometa como aquélla con la que los franceses midieron la altura de la columna de Pompeyo en Alejandría la haría volar, y ataría a su cola una banda en la que escribiría con grandes letras TE QUIERO, AMOR, TE ESPERO, el Planeta Azul ha enloquecido de tanto dar vueltas y se ha convertido en el Planeta Rosa, dioses, ¿cómo os divierte burlaros de esta manera de dos jóvenes de diecisiete años que necesitan amarse dulce y furiosamente para comprender un poco más este mundo extraño y azaroso? Alejandro entra en un bar, un chico con boca blandiblub le ofrece una revista, *Shangay*, y él la acepta sin mirar, tampoco está allí Maite, no es esa reinona pintada de plata, no es esa chica con piercing en los labios que le mira desde la infinita bruma de su abandono, Maite entra en una tienda de ropa y complementos que permanece abierta y en la que reparten vasos de plástico con sangría y vino peleón, tampoco Alejandro está allí, no es ese homosexual de gestos desmayados que dice no sé qué del asesinato de Versace, no es ese chaval con la camiseta por las rodillas y cara de extasiado que sonríe tontamente al espacio sideral, Maite acepta sin mirar un vaso de sangría y dice gracias y bebe-sin-darse-cuenta-de-que-bebe... Si Dios nos ama, ¿por qué no interviene ahora, por qué no lanza un rayo para señalar dónde se encuentra Maite, por qué no extiende su brazo poderoso y protector y alza en volandas a Romeo y le deposita limpiamente a los pies de Julieta? El puntito azul se pega rabioso un puñetazo en la palma de la mano, el puntito rojo se lleva desolado las manos a la cabeza, el Nilo Azul nace en el lago Tana y recorre 4.000 kilómetros antes de desembocar en Alejandría, y un Nilo Azul pequeñito y modesto, un hilo, unas minúsculas cataratas de Tisisat que jamás desembocarán en un Calisto que está apenas a 4.000 centímetros brotan de los ojos de Melibea, Maite llora y se desespera, Dios, si existes, ¿por qué no extiendes tu brazo protector?

Son las ocho en punto, la hora fijada para la gran besada, una ola sacude la masa humana, que se agita y ondula, un temblor se comunica de unas personas a otras...

—¡Son las ocho en punto, con alguien me junto!

Una chica bajita que ha estado siguiendo a Maite en su errático peregrinar con tenacidad y destreza de !kung ve llegado el momento, a su alrededor todo el mundo se besuquea y ese bollito tan mono no tiene a nadie, está llorando, la pobre, la chica se alza de puntillas y le planta los morros en la cara, Maite lo flipa y sale corriendo por la puerta, la pequeñaja choca contra el mostrador, se rehace y va a salir tras la modosita, pero la agarra de las axilas una hermosa vampiresa, la levanta como si fuera una pluma y le demuestra su cariño y su orgullo lésbico, Maite busca a Alejandro desesperadamente, a su alrededor todo son besos exhibicionistas y reivindicativos, queremos los mismos derechos, incluso hay alguno y alguna que sin ser de la otra acera participan del jolgorio para demostrar que están del lado de la libertad sexual y la libertad del individuo en general, solidaridad y colegueo cósmico-fraterno y buenas vibraciones y todo eso.

Una mosca en la tela de araña, un caracol en el laberinto, una hoja en el viento huracanado, Alejandro busca a su amada rodeado de efusiones carnales y ósculos, de cariño homosexual, imposible encontrarse entre tanta gente, Alejandro mira a su alrededor, recupera fuerzas y prosigue la búsqueda de Maite, centauro de la plaza de Chueca...

¿Dónde estás, amor, dónde paras? ¿Te pasa como a mí, crees que esto no es posible, que es una pesadilla, una broma, quieres creer como yo que vas a despertar a mi lado? La plaza es demasiado grande, las calles concurrentes están también atiborradas, Alejandro y Maite se desaniman, Maite se bate ya en retirada, arroja la toalla, lágrimas en sus ojos y flechas en su corazón, le verá el lunes, Alejandro aguanta un poco más, no mucho, de allí no se mueve nadie, la juerga va para largo, Alejandro llora de rabia, su pecho es un manantial de sangre, el puntito rojo sale por Gravina y Almirante, el puntito azul se aleja por Barbieri e Infantas, ambos mirando a todas partes por si en el último momento...

Alejandro, cabizbajo, derrotado, retorna a su casa.

Maite, cabizbaja, vencida, regresa a su hogar.

Alejandro aprieta muy fuerte contra su pecho el abono de transportes de la Comunidad de Madrid y el documento nacional de identidad de su amada.

Maite se da un beso en la palma de la mano, y sopla, y reza para que ese beso nómada se pose volando en los labios del viajero sedentario...

20

En otras circunstancias, a Maite y a Alejandro les haría gracia lo que les ha sucedido en su primera y fallida cita, no encontrarse por coincidir con una manifestación del orgullo gay. Dentro de unos meses se reirán a mandíbula batiente al comentarlo, se contarán qué vieron, qué les pasó, cómo se sintieron. Pero ahora, adolescentes enamorados, lo encuentran trágico, se fustigan pensando que podría haber ocurrido algo mágico que quizá ya nunca ocurra, piensan que son un juguete en manos del destino, que el mundo se ha conjurado en su contra, que han nacido para ser romántica y eternamente desdichados. Así que se pasan la mañana del domingo preguntándose qué hacer. A Maite le telefonea su ex novio dos, tres, cinco veces, está como loco, asegura que como la vea con otro va a matarla, ella no le quiere ver, le dice que está triste y que pasa de quedar dos, tres, cinco veces.

Ella siempre pegada al teléfono, por si llama Alejandro, pero no, Alejandro no llama.

Para evitar la sexta llamada de machista-violento-niñato, Maite sale de su casa y queda con una amiga para comer e ir al cine por la tarde. El cine estará mucho más fresco que su casa y que la calle, y Lucas no podrá incordiarla allí.

Alejandro recibe la visita de Javi. Ha llamado dos veces a Maite después de muchas dudas y vacilaciones, pero comunicaba, menuda cotorra.

—¿Saliste ayer? —pregunta Javi.

—No —contesta Alejandro, más seco que la leche en polvo.

—Pues te llamé dos veces y no cogiste el teléfono —dice su amigo.

—Estaría cagando —responde Alejandro de malos modos.

Javi se queda un poco sorprendido. Qué humorcito gasta el perro Alejo por las mañanas. ¿Y si le cuenta un chiste para que se anime?

—¿Te he contado el del jefe indio que no hace caca?

Horror pavor. Un chiste de Javi puede ser más deprimente que entrar en Madrid por la Nacional-V. Qué mañana, Dios mío.

¿Por qué no llamará Maite?

—Esto es el jefe indio, que no hace caca, está estreñido, el muy cabrón, y va al hechicero: «Gran Jefe no caca». El hechicero le da unas hierbas, y el Jefe vuelve al día siguiente, «Gran Jefe no caca», entonces el hechicero le da un manojo de hierbas el doble de grande...

Alejandro odia que le cuenten chistes, y si es el único destinatario, peor que peor. Le parece lo más incómodo del mundo, porque hay que reírse casi por obligación, si no te ríes, la cosa queda fatal, pero ¿cómo reírse, si los chistes pocas veces le hacen gracia, al menos tanta como para soltar una carcajada? Y ahí está el problema, que los contadores de chistes no se conforman con sonrisas, son unos glotones de la

risa ajena que quieren, exigen, demandan carcajadas...
Y encima, Javi no tiene ni idea de contarlos, Alejandro tampoco, pero por eso no lo hace excepto cuando no tiene más remedio, cuando es una prenda, o hay una rueda de chistes en una acampada, o así. Y entonces cuenta algún chiste para salir del paso, y bastante mal, como ahora Javi.

—Y el Jefe indio vuelve por segunda vez, «Gran Jefe no caca». Bueno, dice el hechicero, pues tómate todo esto, y le da un montonazo de hierba. Al día siguiente, viene otro indio al hechicero, porque le duelen unas muelas o algo así, y el hechicero pregunta por el Jefe, y el indio le dice: «Gran caca, no Jefe».

Javi se despelota con su propio chiste, Alejandro fuerza una sonrisa y le sale una penosa mueca, un grotesco remedo. Es un chiste para niños de diez años, piensa Alejo el viejo, qué infantil, gran caca, no jefe, ja-ja. Javi piensa que Alejandro no tiene sentido del humor, es un estreñido como el Jefe del chiste, y encima esta mañana está fino, el chiste tiene toda la gracia del mundo, Gran Jefe no caca, gran caca, no Jefe, ja, ja, para retorcerse de risa.

Ambos colegas deciden de tácito acuerdo correr un tupido velo sobre el incidente menor y patético, a lo cual les ayuda la televisión. Retransmiten el final del maratón de los mundiales de Atenas, la carrera inspirada en la del soldado Filípides, que en el 490 a.C., tras anunciar la victoria de los griegos sobre los persas, cayó muerto por el cansancio, una muerte que podría haber evitado el fax, piensa Alejandro el cínico. Él y Javi ven el final de la carrera tomándose un zumo de limón, que es verano y se lo merecen, y se emocionan con la victoria de Abel Antón y Martín Fiz, dos españoles, oro y plata en maratón, y encima en Atenas. A Alejandro le parece rarísimo que los españoles dominen en esta especialidad, que sean los mejores del mundo.

—Cómo corremos —se ufana Javi, repantigado en el sofá—. Somos tremendos.

Y más raro todavía le parece a Alejandro que Cacho y Antón sean sorianos, una provincia de apenas 90.000 habitantes, Castilla dura y despoblada.

—¿Y ahora qué? —dice Javi, una máquina de haraganear perfectamente engrasada. Tiene que empollar, pero no pega ni chapa. Dice que va a eso a casa de Alejandro, y como Alejandro goza de buena fama, a sus viejos les parece bien. Llega, deja los libros en la entrada y no los toca hasta que los recoge para irse.

—Hay un reportaje en Canal+ sobre la naturaleza australiana —dice Alejandro—. A lo mejor mola.

Eso de tener Canal+ es un chollo, piensa Javi. A ver si sus viejos se estiran, o se hacen de algún canal digital de esos que van a sacar a la vuelta del verano. Y dice:

—Si sale Elle McPherson, seguro que está bien.

El enfermo de Javi colecciona fotos de la modelo australiana, alguna vez se las ha enseñado a Alejandro. No sale Elle, pero sí muchos tipos de canguros, y aunque no es lo mismo, se entretienen un rato.

A las seis de la tarde Alejandro, que está que se muerde las uñas, no sabe qué hacer. ¿Estará perdiendo a Maite por no moverse, por parado y tonto del bote, como algunos generales perdieron famosas y decisivas batallas por no reaccionar a tiempo? Lo primero es desembarazarse del plasta de Javi el ocupa, que se ha instalado en el sofá, va a hacer falta una grúa para moverle. No, si como Alejandro se descuide, la próxima vez Desparramator se va a presentar con pijama y cepillo de dientes. Pero Alejo el viejo tiene una táctica infalible.

—Bueno —dice—, vamos a estudiar un poco, ¿no?

Javi se levanta del sofá como si le hubiera picado un abejorro en el culo.

—Tengo que irme —dice—. Nos vemos.

—Nos vemos.

Y ahora, por fin solo, llega el momento de la verdad. ¿Qué carta jugar?

Alejandro necesita saber si Maite siente algo especial por él, pero teme declararse, porque teme el rechazo.

Y sin embargo, es la única solución posible. El viajero inmóvil ha leído que el verdadero valiente no es aquel que no siente el temor —ése es el inconsciente—, sino el que lo vence. El ritmo cardiaco de Alejandro se acelera, su garganta se reseca. En el DNI de su amada figura su domicilio. Alejandro se peina, Alejandro se afeita su aún escasa barba con cuidado de no cortarse algún que otro grano, Alejandro se mira en el espejo, Alejandro se huele el sobaco y, por si las moscas, aunque no huele nada, Alejandro se ducha. ¡Este hombre es nuestro hombre! No quiere dejar nada al azar, prepara minuciosamente la batalla.

Alejandro activa el contestador y sale con cara de tipo-duro-la-suerte-está-echada.

¡Va al encuentro de su enamorada dispuesto a declarar su amor, y por el camino comprará un ramo de flores!

21

Lo malo es que Maite ha tenido exactamente la misma idea a la salida del cine.

Si la montaña no va a Mahoma, Mahoma va a la montaña.

¿Pero qué sucede si Mahoma va a la montaña y la montaña va a Mahoma?

Evidentemente, pueden suceder dos cosas: o bien que se encuentren en el camino, o bien que se crucen. Y si Mahoma es un chico de clase acomodada, que puede permitirse un taxi cuando quiera, y la montaña es una chica de escasos medios, que suele usar el transporte público, las posibilidades de que se encuentren son, indudablemente, muy remotas, por no decir inexistentes. ¿Tendrán razón en su pesimismo existencial-adolescente? ¿Estará contra ellos el destino?

Es domingo, las floristerías están cerradas, Alejandro compra un ramo de flores a una gitana y no se molesta en recoger las vueltas, los enamorados sembrando de propinas excesivas el mundo, qué les importa a ellos el dinero, la expresión seria, el semblante duro, la mirada en el horizonte, nuestro hombre en

Madrid pilla un taxi, así llegará más pronto, el metro es más rápido los otros once meses del año, es agosto y apenas hay circulación. Y Alejandro tiene diecisiete años y mucha prisa, la juventud es impaciente, ¿no se desesperaba, acaso, hace un par de semanas, suplicando, suspirando por la visita de la tortuguita, sin tener en cuenta que el amor, la tortuga veloz, puede demorarse, retrasarse, sufrir cualquier contratiempo, llegar a los veinte, o a los treinta, o a los cuarenta, o más tarde, o incluso no llegar nunca? Hey, chica, te quiero a ti.

El rostro grave, la tez ligeramente pálida, los ojos brillantes, nuestra mujer en Madrid adquiere un billete de metro y se adentra en las profundidades de la gran ciudad, y mientras el gusano articulado de hierro se arrastra entre fragor metálico y aire caliente, se aproxima parada a parada a su meta, Maite no va, como en otras ocasiones, leyendo, sino pensando en el hombre que no le deja pensar en otra cosa, un corazón tierno, radiante y delicado viaja en el tubo madrileño. Hey, chico, es a ti a quien busco.

Quince o veinte metros por encima de ella, a veces treinta, tras haber recorrido media ciudad, el taxi se acerca a su objetivo, las cuatro ruedas de caucho girando sobre el asfalto hirviente, los otrora relucientes tapacubos ahora cubiertos de polvo, Alejandro, con la ventanilla abierta, mata con monosílabos una frágil conversación naciente, en sus manos un ramo de flores, en su pecho una esperanza, ser correspondido, un deseo, no flaquear y ser valiente, un temor, que el destino juegue sus cartas contra él.

Quince o veinte metros por debajo de él, a veces treinta, un gusano ciego corre arrancando chispas y rugidos de hierro al tendido de raíles, Maite va contando las estaciones, los minutos, y cuando un joven de coleta y ojos azules y vacilones que le recuerda vagamente al hermano de Lucas le pide fuego, ella niega con la cabeza, ensimismada.

Mahoma y la montaña se cruzan aproximadamente en Colón. Eh, guapa, estoy por ti, desde antes de oírte hablar, fue un estremecimiento del músculo cardiaco, y alquilaste en él una habitación, fue un secarse de garganta, una cosa rara en la tripa, una compresión estomacal. Eh, chulo, me fijé en ti nada más verte, y clavadito te quedaste en mí, fue un presentimiento, una corazonada, un temblor en mi voz, un aleteo de mariposas en mi estómago.

Con apenas cinco minutos de diferencia, Maite llama al piso de Alejandro, nadie contesta, Alejandro al de Maite, no está, ha salido. Apesadumbrados, alicaídos, ambos regresan a sus respectivas casas, y a la altura de Colón, aproximadamente, él en la superficie, ella veinte metros bajo tierra, sienten un raro temblor 0,0000001 grados en la escala Richter, un pálpito, una arritmia cardiaca que en seguida desaparece, qué habrá sido, guapo, qué habrá sido, chica.

Cuando Maite llega al hogar paterno, le informan de que alguien preguntó por ella. ¿Lucas? No, no me pareció Lucas, creo que era otro, no dijo quién era. En su dormitorio, Maite cierra los ojos, una esperanza inunda y alegra su corazón: ¿sería él?

Él, Alejandro, paga al taxista con cara de pocos amigos, se siente ridículo con su ramito de claveles de ida y vuelta, se lo regala a una anciana con la que se cruza y que se queda atónita, y entra en su casa. Un mensaje en el contestador. Hola, soy Maite. ¡Es ella, es su voz! Oye, que... Bueno, nada, que te llamo, ¿vale? *Ciao.* Alejandro vuelve a pulsar la tecla, vuelve a oír esa voz tres, cuatro, cinco veces, ese mensaje aséptico, inodoro, incoloro e insípido, pero que él en-

cuentra tan rico y tan repleto de sensaciones, tan mágico, ella le ha llamado, ¿para qué sería?

Alejandro pegando la oreja al contestador como
un enfermo, el volumen en lo más alto.

22

Y en esa postura está, cuando suena el teléfono. Alejandro se sobresalta y descuelga con la velocidad del rayo.

—¿Sí? —logra articular.

—Hola, soy tu madre.

Desilusión.

—Hola, mamer —y por no ser demasiado seco—: ¿Qué tal en la playa?

—¿En la playa? —la risa ahogada de su madre—. Por eso te llamo. Estamos entrando en Madrid.

—¿Cómo? —Alejandro no comprende bien, confía en que sea un ejemplo más del humor negro de la rama materna de la familia.

—Sí, te llamo desde el coche. Papá tiene que ver mañana a un señor, y he venido con él, para que no hiciera el viaje solo.

—Ya. —Y para no hacer demasiado evidente su desaliento, aunque probablemente la frase elegida no sea la más indicada para ese fin, pero necesita saberlo, y ahora—: ¿Y cuánto os quedáis?

—Ah, ya no creo que volvamos a la playa.

Catástrofe medioambiental. Y con el poco valor que le resta:

—¿En serio?

—En broma.

Uf. De nuevo el humor negro rozando el sadismo.

—Volvemos el martes. Contigo.

Recatástrofe.

—Ya hablaremos, mamer.

Sus padres llegan simpáticos y de buen rollo y tal, tenían ganas de verle y le invitan a cenar. Van a un restaurante elegante y caro, uno de esos restaurantestimo que Alejandro sólo pisa cuando hay algún motivo familiar y su padre es el paganini, cumpleaños y santos y aniversarios de boda y eso. Durante la cena Alejandro se las ve y se las desea para convencer a sus viejos de que no se le ha perdido nada en la playa, de que está estudiando mucho y de que le viene muy bien la tranquilidad de Madrid en agosto, el examen de selectividad es importante para su futuro, necesita aprobarlo, aunque bueno, con su media lo tiene chupado, y eso que para entrar en Arquitectura este año exigen un 7,3. Su madre contraataca con lo del aire sano y el sol y todo ese rollo, estás más blanco que el papel de los libros que lees. Alejandro se resiste con granadas y lanzacohetes, pasa de la playa, el sol que da cáncer y envejece prematuramente la piel, las chicas celulíticas-y-si-no-en-la-edad-del-pavo-y-el-acné en tanga, los chicos tripudos con las palas y la pelotita tomando su ración de pseudodeporte para todo el año, las borracheras nocturnas, los extranjeros cangrejos, las familias con el cuñado y la suegra incluidos y la bombona de butano haciendo una paella en la playa y hablándose a gritos, niño-que-te-estés-quieto-coño-que-te-lo-comas-de-una-vez, las tiendas de campaña con los chorizos y las longanizas

colgando, la radio puesta a tope, todo eso le descon-
cierta y descentra y estudiaría menos y peor. Aquí da
en el clavo, el paper interviene en su favor: es importante el examen, que saque cuanto antes la carrera y
así trabajarán juntos, constructor y abogado y arqui-
tecto, el triunvirato perfecto, los sueños de grandeza
paternos colorean de rojo el rostro del viajero inmóvil, aunque agradece la jugada y para los postres ya
está decidido, se queda. Pero su padre es un hombre
que sabe disfrutar de la vida y pide un licor, así que
el tema aún no ha acabado, y le sugiere que, como
este curso no podrá entrar en la Escuela, lo mejor sería que se fuera un año a Estados Unidos, a perfeccio-
nar su inglés.

—Vete pensándotelo, Álex.

Alejandro prefiere no discutir eso ahora, ya ha ganado una batalla y en la segunda llevaría las de perder, se lo irá pensando, claro. Su padre pide la cuenta
y mientras esperan a que se la traigan, se ponen a
contarle las novedades del verano, las correrías de
Alfredo, los cambios en la pandilla de Alejandro. Cucho está más desastrado que nunca, en cambio, Nati,
si la vieras, qué mona se ha puesto, qué cambiazo,
con Nati llevan dándole la matraca años y años, es un
clásico veraniego, es un feto y Alejo el viejo no se cree
lo del cambiazo ni patrás, si tuviera pozos de petró-
leo o algo así entendería la insistencia familiar, pero
ni eso, conque no entiende, serán paranoias que en-
tran con la edad, supone Alejandro, dato curioso,
¿por qué nunca se la *preparan* a Alfredo? Alejandro
desconecta y piensa en Maite. La comida ha sido ex-
celente, ocho mil pelas por cubierto, más o menos.
Un verdadero despilfarro para Alejandro, que aún es
muy joven y piensa muy poco en la comida y en los
placeres estomacales, ya cambiará con los años. Al

147

menos, en esta ocasión no le da por criticar mordaz-
mente a sus queridos cajeros-automáticos, a sermo-
nearles y decirles que es una inmoralidad gastarse
tanto dinero en una comida cuando hay gente en
Etiopía y en Ruanda y en Egipto y en mil sitios más
que se está muriendo de hambre, como hizo hace dos
años, les fastidió la cenita, y Alfredo riéndose de él,
claro, a su hermano esas cosas nunca le preocuparon.
Ahora, tras la última gracia de Cucho, su paper se
pone a elogiar la cena.

¿Y Alejandro?

Alejandro desconectando, con sus preocupaciones
orgánicas centralizadas un palmo al noroeste del estómago.

23

La madre de Alejandro no sale de su asombro.

—Yo pensé que iba a ser una señora mayor... —con aire de hay-que-verlo-para-creerlo—. Pues es muy mona, ¿verdad?

—¿Sí? —Alejo el zorro simula indiferencia total—. Pues no me he fijado —miente como un bellaco. Y todavía saca fuerzas para el sarcasmo—: Tipo Nati, ¿no?

—No, nada que ver con Nati, ni color, pero mona, de todas formas.

Está repasando, por primera vez, el temario de selectividad. La verdad es que lo tiene bastante dominado. Sus neuronas aún no han empezado a morir a la pasmosa velocidad con que lo hacen a partir de cierta edad, el proceso vital-degenerativo y eso.

Nada más llegar Maite, le ha devuelto su DNI y el abono de transportes. La verdad es que en sus ensoñaciones romántico-adolescentes Alejandro se había imaginado que iba a presentar a Maite a sus padres de muy diferente manera, pero en fin, la vida, que tiene esas cosas, y hay que ir pactando.

Maite, por su parte, lo está pasando fatal. Qué chungada: justo hoy se le ha ocurrido la genial idea de venir con los labios pintados. ¿Qué pensará la madre de Alejandro?

Es una mañana muy extraña. A Alejandro se le hace interminable. Su cajero-automático-XX, nada más ver a Maite, y sin aludir a la causa-efecto que queda flotando en el aire, ha decidido cambiar de planes y hacer la compra por teléfono. El cajero-automático-XY llega a la una, o así, de buen humor, la reunión ha sido provechosa, un año más sin bajar de tren de vida, todos se felicitan.

A las dos en punto, como siempre, Maite se marcha, tras despedirse ceremoniosamente de los señores. Alejandro la acompaña al recibidor.

—Te llamé ayer —dice—, pero comunicabas.

Maite, aunque sabe que no tiene razón, o igual sí la tiene, está enfadada con él.

—¿No se te ocurrió llamarme otra vez?

—No sabía que hoy fueran a venir mis padres.

—Yo tampoco. Bueno, que tengo prisa. Adiós.

Alejandro tiene que apartarse, porque Maite casi se ha lanzado hacia la puerta. La abre.

—Maite...

—Qué.

—Estás muy guapa con los labios pintados.

Maite dedica a Alejandro el oportuno una mirada asesina.

—Pues tú estás mucho más guapo con los labios cerrados.

Y sale, y Alejandro se queda tocado.

¡Desde luego, va a hacer falta mucho amor para soportar a esa mujer!

Esa mirada peor que un mordisco que le ha echado la muy canalla... Alejandro ha visto ayer una fotografía de una mamba negra del Kalahari, la terrible serpiente de los siete pasos: dicen que, cuando muerde a alguien, la víctima sólo puede dar siete pasos antes de caer fulminada por su mortífero veneno... Alejandro, tambaleándose, cuenta los pasos que le llevan desde el recibidor hasta el salón, tres, cuatro, cinco, seis... ¡Menos mal que había una silla a menos de siete pasos! Alejandro se deja caer sobre el asiento. Si se pudiera trasplantar el corazón y dejar de amarla... Pero eso es imposible... ¡Alejandro está firmemente convencido de que su amor es para siempre!

Durante el almuerzo, Alejandro está anímicamente ausente, silencioso. Si le preguntaran quién es la mejor cocinera del mundo, diría sin dudarlo que Maite. Ni siquiera los justificados-y-por-otra-parte-superfluos comentarios de su madre sobre la regular calidad del guiso le sacan de su mutismo. Sabe que la comida no es de primera especial, sí, pero la ha hecho ella, y eso es lo importante. Todo lo que Maite toca se vuelve único a ojos de Alejandro. Es su padre el que sale en defensa de la físicamente ausente Maite.

—Está buenísima —dice, refiriéndose a la comida.

Pero le guiña un ojo a su hijo pequeño, al que hará los planos de sus futuras y grandes urbanizaciones de chalés adosados. Y Alfredo les sacará las castañas del fuego, si tienen pleitos y movidas.

Cuando el martes, día consagrado por los romanos a Marte, el dios de la guerra, sus viejos se van después de comer, Alejandro respira hondo. Otra vez vuelve a ser libre.

Y piensa que tiene que actuar. Tiene que tomar el sendero de la guerra y que su nombre haga algo valeroso si quiere que la india sioux se case con él.

El miércoles, mientras se ducha, adopta la decisión: pase lo que pase, de hoy no pasa. Si él no le gusta, si ella sigue con su bicho, que se lo diga.

No sabe cómo podrá vivir sin su amor, pero vivirá. No sabe cómo podrá olvidarla, pero la olvidará.

Mas cuando sale de la ducha, hay un mensaje en el contestador. Es Maite: se encuentra indispuesta y no va a ir a trabajar.

Alejandro cabizbajo, los hombros encogidos, la mirada en el vacío.

Alejandro como si le hubiera caído la bomba atómica en la cabeza.

24

Javi aparece sin previo aviso con la consola y un par de videojuegos. Y, claro, con un libro de texto que nada más entrar ha dejado en la mesita del recibidor.

—Hola, rufián. Quería visitarte de extranjis, como las mañanas de lunes, miércoles y hoy te traes algo entre manos...

Porque hoy es viernes, y Maite sigue enferma, o sin venir. Y por eso Alejandro tiene regular aspecto.

Y hay varias moscas, otra vez, y Alejandro no tiene fuerzas ni para matarlas.

—Me imaginaba que alguna cosilla hacías, que tanto salir esos días me mosqueaba... Pensé que recibías una visita de una tía, clases particulares de francés o así, ya sabes, mapache...

Javi le guiña un ojo. Alejandro preferiría estar solo, pero se halla tan desmoralizado que no se siente con energías para expulsar a Desparramator.

—Estás demacrado, tío... Una de dos: o estás enamorado o en huelga de hambre por los derechos de los suspendidos en selectividad.

Javi suelta ese parto y se cree ingenioso. Si no fuera porque ya está deprimido, el pobre Alejandro se deprimiría inmediatamente, taladraría un pozo hasta las antípodas con su ánimo decaído y subterráneo.

—Las dos cosas —manifiesta lúgubremente Alejandro—. Ayer casi no comí y me he enamorado.

—¿Sí? —Javi le mira sin creérselo del todo—. ¿Y de quién? ¿A qué dedica el tiempo libre?

—A limpiar casas —suspira Alejandro.

—Entiendo —dice Javi—. Una de esas gordas de la realeza europea, ¿no?

Pero Alejo el viejo no está para bromas y decide cambiar de tema.

—¿Qué tal los estudios? —Toma misil en la sala de máquinas.

—Tirando —murmura Javi, no muy convencido. Y a continuación, como si fuera una proeza, y ya más alto—: Ayer empollé casi dos horas seguidas. ¿Y tú? ¿Sigues sobrado de confianza?

—Lo que me fastidia es no poder entrar este año en Arquitectura, ya no habrá plazas aunque apruebe. Creo que me diste mala suerte al entregar el examen, capullo.

Javi, que está enchufando la consola, declara, como si tal cosa:

—Querrás decir Eugenio.

—¿Cómo?

Javi, que ya está metiendo el disco en el aparato, se queda paralizado.

—Sí... Bueno... Tú me lo diste a mí, y Eugenio me dijo que ya los entregaba él...

Los dos amigos se quedan mirándose, y en sus cabezas se abre paso la misma idea.

—Ese cabrón...

—No pensarás que...

—Sí pienso que.

Alejandro y Javi disputan varios combates, violentos, como siempre, con el añadido de que ahora Alejandro se figura que el chinarro o la maciza o el nazi escogidos por su colega son el mismísimo Eugenio, y entonces el viejo Alejandro le atiza con más gusto que nunca. El resultado es que gana cinco de los siete combates, cuando normalmente quedan más o menos empatados.

Así que fue eso: el cabrón de Eugenio cambió los exámenes. Carece de pruebas, claro, sería su palabra contra la suya, pero lo juraría. Hace falta ser cerdo para hacer una cosa así. Por eso le miraba a la salida del ejercicio con cara de cordero degollado. Maldito fariseo, ya le arreglará las cuentas.

Alejandro y Javi comen juntos una telepizza, y hacia las cinco Javi se da el piro.

—A seguir bien, mapache. Nos vemos mañana, ¿contrato firmado?

—Contrato firmado —murmura sin ningún entusiasmo Alejo el viejo.

Y empiezan los minutos interminables, las dudas, las comeduras de còco. ¿Por qué no viene Maite? ¿Será verdad que está enferma, será que no le quiere ni ver? ¿Será que ha vuelto con el bicho retropunkicalavera?

Por fin, el intrépido Alejandro se decide. Coge el teléfono y marca el número fatídico, a cien pulsaciones por minuto.

—¿Está Maite?

—¿De parte de quién?

—De Alejandro.

Maite al aparato.

—¿Sí?

—Soy Alejandro.

Se produce un silencio. Tienen millones de cosas

que decirse, y sin embargo, ninguno sabe qué decir. Y tras unos segundos en blanco...

—¿Por qué no has venido hoy?

—No me encontraba bien.

De nuevo un largo silencio. Se pueden oír los latidos del corazón de Alejandro, la respiración entrecortada de Maite.

—¿Y qué tal estás ahora?

—Mejor.

—Me alegro.

De nuevo un prolongado silencio. Álex y Maite agarrados a sus teléfonos como náufragos a una tabla de madera.

—¿Y tú qué tal?

—Yo estoy bien —Alejandro procura conferir a sus palabras un tono de firmeza—. Animado y eso.

Permanecen callados durante quince largos segundos. Apuesto a que un par de besugos serían capaces de desarrollar una conversación más inteligente.

—Me alegro de que estés bien —dice Maite.

Durante medio minuto de reloj ninguno añade nada.

Pero no, hay una diferencia: los besugos no se dicen nada con su silencio, Maite y Alejandro, en cambio, se están diciendo mil cosas. Por eso hay más silencios que palabras en su diálogo de besugos inteligentes y sentimentales.

—¿Sabes? —dice Alejandro—. Prefiero hablar contigo por teléfono que con Claudia Schiffer.

Otros diez segundos de silencio, mucho más espesos que los anteriores. Éstos se los ha ganado a pulso Alejandro. Menos mal que reacciona.

—Es que a veces, cuando suena el teléfono, por divertirme, me imagino que es Claudia Schiffer, que se ha equivocado —Alejandro tiene buen cuidado de omitir lo de *adorablemente*—. Pero yo preferiría que te equivocaras tú.

—Qué mal te ha quedado —dice Maite, complacida.

Alejandro se acalora. La verdad es que se podía haber callado eso de Claudia Schiffer. No venía a cuento, menudo lucimiento. Pero nota que Maite está muy simpática, a la espera. Incluso un poco coqueta, quizá. Más le vale decidirse de una vez.

Alejandro se la juega.

—¿Podríamos vernos hoy?

A Alejandro le ha costado un Potosí articular esas tres palabras seguidas. Casi está sudando. La próxima vez llama con un vaso de agua fresca al lado. Tiene la garganta reseca, la lengua de piedra. Si la respuesta es negativa, sería más catastrófico que si le obligaran a empezar mañana la mili.

—Por mí vale —dice Maite—. ¿Dentro de tres horas?

—Mejor dentro de dos —dice Alejandro, el-tiempo-urge-y-él-no-puede-esperar.

—No —responde Maite la impaciente, ha dicho lo de las tres horas para ver qué decía él, tres horas, o dos, le parecen una eternidad, una barbaridad, un suplicio y un tormento, el-tiempo-es-oro-y-no-se-puede-comprar—. Dentro de una.

De nuevo el silencio, ambos conteniendo el aliento, ambos escuchando la nada que les llega desde el otro lado del hilo telefónico, una falsa nada hecha de promesas, deseos y certezas.

—Vale —dice Alejandro.

—Pero igual no me da tiempo a arreglarme —dice Maite.

—Es lo mismo —dice Alejandro—. Me da igual. Yo no te quiero por tu pintalabios —suelta.

Uf. Ya casi le ha dicho que la quiere.

—¿Dónde? —pregunta el puntito rojo.

—En el Parque del Oeste —susurra el puntito azul—. Vas a ir en metro, ¿verdad?

—No —bromea el puntito rojo—. Esta vez voy a coger el helicóptero.

—Pues enfrente del intercambiador de transportes de Moncloa hay un chiringuito —dice Alejandro, que no se ríe—. Allí.

—No —dice Maite—. Mejor otro sitio del parque. Mejor en la Rosaleda.

Otro parón en el diálogo. Alejandro permanece unos segundos mirando la vasija que antes le recordaba a Tina y ahora le recuerda a Maite, la vasija que antes le repateaba y a la que ahora tiene cariño y hasta encuentra bonita, milagros del amor. Y por fin reconoce:

—Es que no sé dónde está la Rosaleda.

¿Qué más dará?, piensa Alejandro. Seguro que el taxista sí lo sabe. Pero antes de que rectifique:

—Bueno —concede Maite—. Pues en el templo de Debod. Hay unas puestas de sol preciosas allí. ¿Nunca las has visto?

El puntito rojo toma aire. Cuánto ha hablado.

El puntito azul duda qué responder. Para empezar, no tiene ni idea de dónde está el templo de Debod. Lo ha visto en fotos, pero nunca ha ido allí. Bueno, el taxista sabrá llegar.

Y además va a quedar muy poco romántico no haber visto nunca una puesta de sol en ese sitio. Pero otra vez es Alejandro-el-que-nunca-miente.

—No —dice.

Y se queda en blanco. O mejor dicho, se imagina que pasea con Maite por un campo lleno de flores.

—Estoy imaginándome que paseo contigo por un campo lleno de flores —dice Alejandro.

—Qué bien te ha quedado —dice Maite, complacida.

Al puntito rojo eso que acaba de decirle el puntito azul le parece precioso, y piensa que tiene que corresponder de alguna manera.

—Tu baile en la discoteca estuvo genial —dice. Y tras una breve pausa—: ¿Bailas siempre así de loco?

—Sí —miente Alejandro—. Bueno —rectifica, no vaya a ser que a partir de ahora tenga que cometer esos excesos para no defraudar—, sólo cuando estoy inspirado.

Y como después de diez segundos el puntito azul no dice nada, debe de ser por el esfuerzo de la última frase, el puntito rojo vuelve a hablar:

—¿Dentro de una hora allí, entonces?

—Sí —dice Alejandro—. Voy a colgarte.

Pero ninguno cuelga. Alejandro está tan emocionado que parece que se ha echado medio litro de colirio en los ojos. Los de Maite semejan dos llamitas.

—Mejor cuelga tú primero —cambia de idea Alejandro—. Adiós.

Pero Maite no se decide a poner fin a la comunicación. Permanecen unos segundos mudos. Y entonces Alejandro dice:

—¿Sabes? Tú eres la chica de la raja de melón.

Y Maite que se queda a cuadros.

—¿Qué has dicho?

—Verás —Alejandro traga saliva, ¿será ridículo lo que se dispone a explicar?—. Soñé que una chica sin rostro me daba una raja de melón, yo amaba a esa chica y esa chica se enamoraba de mí —la parte futbolística del sueño mejor dejarla para más adelante—. Ahora sé por fin qué cara tiene. Si vuelvo a soñar con ella, su cara será la tuya.

Uf. Ahora sí que se ha declarado. No sabe si habrá sido muy complicado o si será normal hacerlo de esa forma, porque es la primera vez que se declara, pero le ha salido así. Uf, lo más gordo ya está hecho.

—Es precioso eso que me has dicho —susurra Maite—. Quiero que me lo repitas cuando nos veamos.

—Sí —asiente Alejandro.

Y están otro medio minuto callados como piedras.

—Ya terminé *Homo faber* —le informa Maite—. ¿Quieres que te lo preste?

—Sí —dice Alejandro—. Pero no me lo lleves hoy —añade. Así se verán otro día—. Hoy no tengo ganas de leer.

—Es un poco triste —opina Maite.

—Casi todos los libros lo son —afirma el puntito azul.

—Sí —conviene el puntito rojo.

Y se tiran otros diez o quince segundos escuchando el silencio que les viene del otro extremo del cable telefónico, esa falsa nada hecha de esperanzas, besos e incertidumbres.

—Cuélgame —pide Alejandro—. Nos vemos en una hora.

—No quiero colgar todavía —se resiste Maite.

—Yo no quiero colgarte —dice Alejandro-el-besugo—. Cuanto más tardes en colgarme, más tardaremos en vernos.

Pero Maite sigue sin decidirse a cortar la comunicación. Pasan diez segundos.

—Por favor —dice Alejandro—. Cuelga. Adiós.

Y están otro ratito sin emitir ningún sonido articulado. Ambos agarrados al aparato, las orejas pegadas, conteniendo la respiración, intentando oír algo al otro lado.

Por fin el puntito rojo cuelga. Clic.

El puntito azul cuelga después. Clic.

Con los ojos cerrados. Clic.

25

Maite la-penúltima-princesa vuela hacia su cuarto para escoger la ropa, tiene el tiempo justo para arreglarse. Se ducha, se viste, y mientras se pinta los ojos grita, el tiempo apremia:

—Mamá... ¿Me dejas dinero para un taxi?

Maite vuela, Maite flota, Maite baila de felicidad. Ella siente en toda su fuerza que hay algo que está creciendo vigorosamente, una semilla que no era nada y que lo era todo ha caído en el lugar apropiado, ha llovido sobre ella, ha tenido la fortuna de enterrarse en un suelo fértil, el sol y el agua la acarician, la semilla va a estallar, la tortuguita ha llegado, hay algo que está creciendo vigorosamente.

Maite alucinando en colores mientras se retoca los labios.

Alejandro el-penúltimo-zar corre hacia el baño, se pega una ducha, se afeita, se pone ropa limpia, su camisa de algodón favorita, sus pantalones vaqueros, sus zapatillas blanquísimas e impecables, que nadie las pise en el trayecto...

Cuando vea a Eugenio y le diga que sabe que le cambió el examen, y le abrace, qué cara de sorpresa va a poner el muy cerdo. Al fin y al cabo, gracias a él ha llegado la tortuguita veloz y cojitranca. Y luego, tampoco va a estar mal la cara que se le va a quedar cuando le conecte el rodillazo que se merece en el epidídimo. Maite le quiere. Ahora está casi seguro cien por cien. Van a verse, ¿qué se dirán? ¿Qué más da? Bastará con mirarse a los ojos. Bueno, él tiene que repetirle lo de la chica sin rostro de la raja de melón rica y jugosa. Si es que se atreve a decírselo a la cara. ¿Cómo es posible que ella se haya fijado precisamente en él? Es como salir de noche a campo abierto, y fijarse en una de las miles de estrellitas que brillan en el cielo. Escoges una, y la conviertes en tuya, y la miras todas las noches, y la distingues de entre todas, y la quieres mucho más que a las otras, porque es la tuya y nadie te la puede quitar.

Alejandro alucinando en colores mientras se abrocha los botones del pantalón.

Por la ventana del taxi, Alejandro el gozoso va mirando Madrid, y mientras se dirige al encuentro de su amada, resuelve no pasar un año en Estados Unidos como pretenden sus padres. Este año se quedará en Madrid. Intentará matricularse en el CEU, y al año siguiente cambiarse a la Escuela. Y si no puede, si ya es tarde y tiene que chuparse un año en blanco, se matriculará en una academia de dibujo. Aprender inglés, o Maite. Su futuro o su presente. La opinión sabia y fría de sus jefes, o el impulso del adolescente. El futuro, piensa Alejandro, siempre empieza ahora.

Por la ventana de otro taxi, Maite va viendo las calles de su ciudad, y las ama más que nunca, el taxista aventura algunas palabras de tanteo, para ver si inicia una conversación, pero ella no dice ni mu, ni una palabra, no contesta, ni le ha oído: Maite es un llanto, una emoción, un desfallecer y una felicidad.

Dentro de quince minutos van a encontrarse, dentro de veinticinco, corregimos: el puntito rojo llegará con diez de retraso. No es mucho, teniendo en cuenta que al final, desoyendo al puntito azul, se ha arreglado, se ha puesto guapísimo, el puntito rojo, se ha puesto guapísima, Maite. Seguramente pasearán cogidos de la mano, y se besarán. Una vieja les reprochará su actitud. Pero no, eso es de otra época, de hace veinte años. Una vieja les verá y sonreirá con melancolía, pensando en cuando ella era una jovencita de su edad. Tomarán un helado italiano y la nómada Maite le enseñará la Rosaleda al sedentario Alejandro. Y después, irán a contemplar la puesta de sol desde el templo de Debod.

Alejandro esperando a Maite, enfrente del templo egipcio salvado de las aguas de la presa de Assuan, nada relajado, mirando a todas partes, a ver si llega, cada minuto que se retrasa es un minuto asqueroso, cada minuto que pasa es un minuto bendito que le acerca a ella.

Y por fin ahí llega Maite, entrega un billete y se despreocupa de las vueltas, los enamorados sembrando de propinas Madrid, y baja a la carrera, qué hermosa está, cómo sonríe, de jubilosa, como corre, de feliz.

Cuando se encuentran, se abrazan, muy nerviosos. Después, Alejandro y Maite juntan sus labios, se besan. Una golondrina ha pasado muy cerca de ellos, pero ellos no se dan ni cuenta. El río Oder se ha desbordado, pero a ellos no les importa. Casi todos los países apuestan por que España entrará en el euro, pero eso les es indiferente. Si el planeta Tierra dejara de girar, ellos serían los últimos en enterarse.

Alejandro y Maite besándose en un parque.

Luego van a la Rosaleda, se sientan en un banco,

rodeados de árboles y césped, urracas y mirlos, y algunas rosas tardías.

Allí están, radiantes, el pijo pasmarote y la humilde espabilada, el chico cuyos padres votaron a la derecha y la chica cuyos padres votaron a la izquierda, el adolescente que siempre ha ido a un colegio privado y la adolescente que ha estudiado en un instituto público, el puntito azul que nunca se ha movido de su casa y el puntito rojo que ha tenido mil movidas, ya no pueden esperar más, no quieren separarse y no quieren perder la oportunidad. La tortuguita veloz emprende ya el camino hacia otra parte... ¡Los poemas que va a escribir Alejandro no serán de abandono y soledad, los poemas que va a leer Maite serán de felicidad! Vienen los tiempos alegres, las fértiles llanuras, vendrán también las lágrimas, los riscos escarpados, ellos no son los que se imaginaron, son otros, tendrán que aprender a conocerse sobre la marcha, a amar no sólo la idea, sino también la realidad.

El sol se pone en el templo egipcio de Debod, sobre la masa de verde y árboles en la lontananza, riega el cielo de colores, de naranjas y rosas, la bola incandescente se oculta, hay también un amarillo pálido, un azul claro y unas nubes blancas y grises, gordas y mullidas. Alejandro y Maite no se sueltan de la mano, no dicen nada, casi no respiran, mientras ven cómo el sol desaparece lentamente, para ceder su trono a la noche y a la oscuridad.

Alejandro y Maite viendo una puesta de sol en el Parque del Oeste, la tortuguita veloz y renqueante yendo a otra ciudad.

Madrid, agosto de 1997

Índice

MARTÍN CASARIEGO CÓRDOBA

Martín Casariego Córdoba (Madrid, 1962) es licenciado en Historia del Arte por la Universidad Complutense de Madrid. Debutó como novelista con *Qué te voy a contar* (Premio Tigre Juan de Novela, 1990). En 1992 publica *Algunas chicas son como todas* y en 1995 *Mi precio es ninguno*. En la colección Espacio Abierto ha publicado *Y decirte alguna estupidez, por ejemplo, te quiero. Qué poca prisa se da el amor* y *El chico que imitaba a Roberto Carlos*. En 1997 ha recibido el Premio Ateneo de Sevilla por la novela *La hija del coronel*. Para el cine ha coescrito los guiones de *Amo tu cama rica, Dos por dos* y *La Fuente Amarilla*. En la colección El Duende Verde ha publicado la serie infantil de Pisco.

CARTA AL AUTOR

Los lectores que deseen ponerse en contacto con el autor para comentar con él cualquier aspecto de este libro, pueden hacerlo escribiendo a la siguiente dirección:

Colección ESPACIO ABIERTO
Grupo Anaya, S. A.
Juan Ignacio Luca de Tena, 15. 28027 MADRID

OTROS TÍTULOS
DE ESTA COLECCIÓN

Flanagan Blues Band
Andreu Martín y Jaume Ribera

Las cosas le van bien a Flanagan: Oriol Lahoz, un detective
profesional, le ha contratado como ayudante. Su vida
sentimental se ha estabilizado. Pero, de pronto... Un asesinato
aparentemente absurdo. La víctima: el párroco del barrio,
un anciano bondadoso e inofensivo. Resulta inconcebible
que alguien pudiera tener algo contra él. Y mucho menos
Oriol Lahoz, culpable a los ojos de todos, incluso a los de
Flanagan, quien, sin siquiera darse cuenta, se ha convertido
en «cómplice» del delito.

> ✓ **Policíaca**
> ✓ **Humor**
> ✓ **Misterio/terror**
> ✓ **Problemas psicológicos/sociales**
> ✓ **Amor/amistad**

Y decirte alguna estupidez, por ejemplo, te quiero
Martín Casariego Córdoba

Juan piensa que el amor es una estupidez, pero se enamora
de Sara, la chica nueva de su clase. Cuando Sara le propone
robar los exámenes, él no sabe decir que no a la aventura
que ella le propone, porque está metido en otra aventura,
la de su amor secreto. Ésta es también la historia del paso
de la adolescencia a la madurez: en el año de la despedida
de Butragueño, un ídolo para Zac, su hermano pequeño, Juan
está aprendiendo a valorar eso que se llama «las pequeñas
cosas».

> ✓ **Humor**
> ✓ **Problemas psicológicos/sociales**
> ✓ **Amor/amistad**

Dónde crees que vas y quién te crees que eres
Benjamín Prado

Dónde crees que vas y quién te crees que eres es una novela escrita con el peculiar estilo poético del autor. El protagonista de la historia es un gran lector, amante de los libros, entre otras cosas porque en muchos de ellos los personajes le enseñan que siempre hay una luz al final del túnel, por profundo que sea. Este lector voraz se dirige en barco a su ciudad natal y, a medida que la embarcación avanza, su pensamiento va retrocediendo en el tiempo, un tiempo en el que siempre lo acompañan los libros.

✓ **Aventuras/viajes**
✓ **Misterio/terror**
✓ **Ciencia-ficción/fantasía**

¿Y a ti aún te cuentan cuentos...?
Félix Teira Cubel

Una broma cruel le descubre a Ricardo que la opinión que tenía de su madre no se corresponde con la de los demás. Sólo contará con Andrea, una relación difícil, y con Sela, su amigo sordomudo. Ricardo comienza a pensar que sólo con el dinero podrá resarcir a su madre y vengarse de sus antiguos compañeros. Pero el tiempo y las circunstancias pondrán las cosas en su sitio. Pronto se verá en una situación límite, en la que sólo podrá contar con la ayuda de su amigo Sela y, sobre todo, con la de su madre.

✓ **Policíaca**
✓ **Aventuras/viajes**
✓ **Problemas psicológicos/sociales**
✓ **Amor/amistad**

Rebelde
Manuel L. Alonso

Eduardo —protagonista de una novela anterior, *El impostor*— se ha convertido, tras la muerte de su padre, en un muchacho solitario y desconfiado, para quien el mundo sólo ofrece motivos para el pesimismo y la desesperanza. Sin embargo, en su deambular por distintos lugares, se encuentra con dos personas, Miguel y Ana, que le permitirán conocer la amistad y el amor. Su relación con ellos le ayudará a superar sus miedos y rencores.

✓ **Problemas psicológicos/sociales**
✓ **Amor/amistad**

Flanagan de luxe
Andreu Martín y Jaume Ribera

En esta nueva aventura de Flanagan reaparecen algunos personajes de *Todos los detectives se llaman Flanagan*. Nines, la pobre niña rica, intercede por Ricardoalfonso para que Flanagan lo ayude. De mala gana, Flanagan accede y a partir de ese momento se suceden unos trepidantes y peligrosos acontecimientos. María Gual, su antigua socia, también participará en esta nueva aventura. Ambos conocerán una mansión en la Costa Brava y compartirán por unos días la vida lujosa y frívola de Ricardoalfonso y los suyos.

✓ **Policíaca**
✓ **Humor**
✓ **Misterio/terror**
✓ **Problemas psicológicos/sociales**
✓ **Amor/amistad**

Retrato de un detective enamorado
Emilio Calderón

Nicolás Toledano se hace cargo de nuevo de la agencia
de detectives Castor. En esta ocasión tendrá que dar con
el paradero de un gato pintor llamado Felis, estandarte
publicitario de la fábrica de comidas para gatos El Maragato,
que imita la obra de Van Gogh. Una extraña petición de rescate,
incumplida por los secuestradores, complicará aún más la
investigación. Nicolás se verá obligado a solicitar la ayuda
de la hija del propietario de la fábrica, una chica llamada
Valeria, por la que se siente atraído.

✓ **Policíaca**
✓ **Humor**
✓ **Aventuras/viajes**
✓ **Misterio/terror**
✓ **Amor/amistad**

Saxo y rosas
María Arregui

Una banda de cabezas rapadas irrumpe en la Plaza de
la Posada para agredir a unos inmigrantes. Este incidente
repercute en las relaciones entre Raquel y Germán, quien
se ve implicado como testigo y, casi de inmediato, acusado
de un delito que no cometió. Magda, amiga de Raquel y
hermana de uno de los agresores, decide ayudarla para
aclarar lo sucedido y conocer la verdad. Pero la verdad, como
dice uno de los personajes del libro, es muy pesada, hay que
llevarla a trocitos.

✓ **Problemas psicológicos/sociales**
✓ **Amor/amistad**

El chico que imitaba a Roberto Carlos
Martín Casariego Córdoba

Son los meses de verano en un barrio modesto de una gran ciudad. El narrador y Alber se entretienen haciendo pintadas reivindicativas. El narrador tiene como modelo a su hermano mayor, un chico solitario enamorado de Sira. En las fiestas, el hermano mayor canta canciones de Roberto Carlos, lo que le vale las burlas de los chicos de su edad. Cuando Alber y el narrador, por una tonta apuesta, tienen que hacer una pintada en la casa nueva del prohombre del barrio, el chico que imita a Roberto Carlos les ayudará.

✓ **Humor**
✓ **Problemas psicológicos/sociales**
✓ **Amor/amistad**

Hasta lo que sea
Martha Humphreys

Karen Thompson se entera de que una compañera de estudios, Connie Tibbs, está enferma de sida. Ambas coinciden en las clases de laboratorio de biología y les toca compartir pupitre. Todo el mundo sugiere a Karen que pida que le cambien de sitio. Sin embargo, el recuerdo de la' amistad que mantuvieron años atrás y una conducta solidaria hacen que siga a su lado. A partir de ese momento, Karen tendrá que luchar contra sus propios temores y los prejuicios de quienes la rodean.

✓ **Problemas psicológicos/sociales**
✓ **Amor/amistad**

El año sabático
José Ferrer Bermejo

Silvestre, un chico sabihondo y presumido, y su padre, que tiene el oficio de ladrón, se están haciendo mayores. El padre decide tomarse un año sabático y dedicarse a trabajar. Ahora bien, exige que durante ese año también cambie la vida de Silvestre: que haga deporte, se aficione al *rock and roll* y salga con una chica. Después de algún concierto de rock y ciertos problemas, todo desemboca en un largo capítulo en el que se narra un partido de fútbol que centra el mensaje de que cada uno ha de dedicarse a lo que sabe hacer.

✓ **Humor**
✓ **Aventuras/viajes**
✓ **Amor/amistad**

Estricnina con yogur
Enrique Ventura

Verónica Ramos, una chica superdotada, va a pasar un fin de semana en un campamento instalado en un pequeño pueblo de montaña. Allí se ve envuelta en el conflicto que enfrenta a Claudio, un muchacho analfabeto, con la dueña de la finca Marybegoña, a la que culpa de la muerte de su padre. Los acontecimientos discurren a un ritmo trepidante y finalmente se llega a un desenlace en el que los personajes comprenden que su gran error ha sido la falta de comunicación.

✓ **Humor**
✓ **Aventuras/viajes**
✓ **Problemas psicológicos/sociales**
✓ **Amor/amistad**

Bola de fuego
Klaus-Peter Wolf

La ciudad vive atemorizada por el «demonio del fuego»,
que parece incendiar edificios al azar. A Jens le aterroriza
el fuego. Desde que el coche de su padre explotó y él trató
en vano de rescatarlo, Jens se ha culpado a sí mismo de la
muerte de su padre. Su madre tiene un nuevo compañero,
Werner, una persona agradable que no trata de desempeñar
el papel de padre. Pero hay algo en él que inquieta a Jens.
Su intranquilidad aumenta cuando se entera de que Werner
es uno de los sospechosos de la policía en el asunto del fuego.

- ✓ **Policíaca**
- ✓ **Misterio/terror**
- ✓ **Problemas psicológicos/sociales**

El secreto de Heinrich
Jo Pestum

En la clase de Hennes ver a un chico nuevo no es nada
del otro mundo. Pero ha llegado alguien que se comporta
de forma diferente y además tiene un aspecto extraño, parece
un indio. Se llama Heinrich. Es más valiente que los demás.
Es el único que se enfrenta a la mafia de la escuela, que
acecha a los alumnos más jóvenes y los chantajea. También es
un amigo estupendo. Sin embargo, existe algo oscuro: nadie
sabe dónde vive y, cuando habla de su familia, incurre en
numerosas contradicciones...

- ✓ **Misterio/terror**
- ✓ **Problemas psicológicos/sociales**
- ✓ **Amor/amistad**